KREUZFAHRT INS REICH DER HEMMUNGSLOSEN LUST

MELCHIOR
Edition Ars Amandi

KREUZFAHRT
INS REICH DER
HEMMUNGSLOSEN LUST

Das zügellose Werk

Kreuzfahrt ins Reich der hemmungslosen Lust

erscheint im Rahmen ausgewählter erotischer Literatur
in der *Edition Ars Amandi* des Melchior Verlages.

Nachdruck der französischen
Originalausgabe aus dem Jahr 1901
nach einem Exemplar aus Privatbesitz.

Wolfenbüttel
ISBN: 978-3-941555-67-9
www.melchior-verlag.de

Bibliographische Vorbemerkung

Der Verfasser dieses seltenen französischen Erotikons, das 1901 unter dem Pseudonym Zephir erschien, ist Alphonse Momas. Wir wissen von ihm nur, dass er Angestellter bei der Polizei war und sich in seinem späteren Leben mit Spiritualismus beschäftigte. Seit 1891 hat er 74 weitere erotische Romane unter zahlreichen Pseudonymen veröffentlicht, von denen das bekannteste „Le Nismois“ ist.

In der erotischen Literatur des Fin de Siecle wurde sehr häufig eine Luxusjacht als Schauplatz der Liebesabenteuer gewählt. Das erste Werk dieser Art mit dem Titel „Auf hoher See oder Liebesabenteuer einer jungen Amerikanerin auf dem Meere“ Amsterdam 1893, ist eines der wenigen Produkte der deutschen erotischen Original-Literatur.

Aus der englischen erotischen Literatur ließen sich als Beispiele anführen: John S. Parmer „Pleasure Bound Afloat“ (1908). Übrigens erschien im Jahre 1908 auch eine englische Übersetzung des Erotikons „Nénuphar“ mit dem Titel „Life on Board a Yacht“.

Der Herausgeber

Kapitel 1

Die Nénuphar

Die hübsche kleine Stadt Cannes am blauen Mittelmeer ist, wie jedermann weiß, der Winteraufenthalt und Hafen einer großen Zahl von Luxusjachten, die meistenteils reichen englischen Eigentümern oder amerikanischen Millionären gehören.

Sie nehmen an den Regatten in dieser Region teil oder machen nach einem kurzen Aufenthalt an der Riviera eine Kreuzfahrt in die Gewässer Italiens. Manchmal gehen sie auch an Land, um Eber und Hirsche in Albanien oder Epirus zu jagen.

Während der Ereignisse, mit denen sich dieser Roman beschäftigt, ankerten ungefähr 30 Jachten in der La-Croisette-Bucht. Darunter waren seegängige Schiffe jeder Art und Größe. Einige fuhren unter der Flagge eines Prinzen oder Herzogs. Andere, obgleich sie prächtig ausgestattet waren, begnügten sich nur damit, die Flagge eines Jachtclubs zu setzen.

Zu dieser letzteren Gruppe gehörte eine Jacht, die durch ihre Pracht und Größe auffiel, kurzum, durch ihr seltsames Äußeres Aufsehen erregte.

Die Ankunft der Nénuphar rief lebhafte Neugierde bei der Bevölkerung und den Winterurlaubern hervor, die in diesem Jahr besonders zahlreich waren.

Die Jacht, die eine schnittige Form hatte, war ganz weiß gestrichen. Davon hob sich ein goldener Streifen entlang der Bordwand ab. Die Reling war ebenfalls vergoldet.

Die Schornsteine waren in einem auffallend hellen Weiß gestrichen, sodass sie in der Sonne glänzten. Durch eine Marotte des Besitzers war die Nénuphar nicht nur ein Dampfschiff, sondern zugleich eine Segeljacht. Tatsächlich konnte sie einige der besten Segelschiffe ausstechen. Das Segeltuch hatte eine hellviolette Farbe.

Auf ihm waren in silberner Farbe Blumen abgebildet, die so etwas zwischen Tulpen und Lilien darstellten.

Der Besitzer eines so auffälligen Schiffes war bestimmt kein gewöhnlicher Mann. Man hatte ihn in Cannes noch nicht gesehen, aber seine Ankunft war für die nächste Woche angekündigt. Dann sollte die Nénuphar den Anker lichten und zu einer Kreuzfahrt entlang der türkischen Küste aufbrechen.

Lord Reginald Seacombe, der Eigentümer der Jacht, stand in dem Ruf, ein außerordentlich exzentrischer Adliger zu sein. Er hatte seltsame Einfälle. Einige Leute wagten sogar zu behaupten, der Lord sei nicht ganz richtig im Kopf.

Sein Vater, der ein riesiges Vermögen mit seinen Brauereien verdient hatte, hinterließ ihm bei seinem Tod eine ansehnliche Zahl von Millionen. Sein Sohn gab seelenruhig dieses Geld aus und erlaubte sich bisweilen die größten Torheiten.

In den Clubs, die er besuchte, war es schon ein geflügeltes Wort: So verschwenderisch wie Reggie Seacombe.

Es ging das Gerücht um, dass der steinreiche Engländer bis auf die geringste Kleinigkeit den verstorbenen König von Bayern nachahmen wolle, der einen tragischen Tod im Starnberger See fand.

Lord Seacombe liebte romantische Schlösser, wilde Autofahrten um Mitternacht oder zur Abwechslung eine Ausfahrt in einer prächtigen Kutsche ins Gebirge. Die Kutsche, die von feurigen Pferden gezogen wurde, war mit elektrischen Lampen beleuchtet.

Obgleich es schwierig war nachzuprüfen, so waren doch einige Details seiner Jacht gerüchteweise bekannt geworden. Sie war ohne Zweifel ein Meisterwerk, das Können und Einfallsreichtum verriet.

Der Autor dieses Buches begleitete als Sekretär den Comte X., der von Lord Seacombe eingeladen wurde, ihm bei der Kreuzfahrt in die türkischen Gewässer Gesellschaft zu leisten. Er war deshalb in der glücklichen Lage, sich einen eigenen Eindruck vom Inneren der Jacht zu verschaffen.

Im Interesse der Leser dieses Buches hat er auch die kleinsten Einzelheiten, an die er sich erinnern konnte, aufgezeichnet, um eine möglichst wirklichkeitsgetreue Beschreibung vom Inneren der Nénuphar zu geben.

Die Jacht verdrängte ungefähr 3.000 Tonnen. Folglich besaß sie respektable Abmessungen und ermöglichte jeden nur denkbaren Komfort. Ihre 50 Kabinen waren mit dem größten Luxus ausgestattet.

Auf kleinstem Raum fand man jede gewünschte Bequemlichkeit. Sie waren geräumig und kunstvoll eingerichtet.

Außer den Kabinen gab es auf der Jacht noch einen großen Salon, einen geräumigen Speisesaal und ein Bad, ohne dass die Ankleidezimmer und die Badezimmer für die Gäste mitgezählt wurden.

Der Salon und das Speisezimmer waren mit einem Luxus ausgestattet, der auch die kühnsten Träume übertraf. Dies konnte man auch von einer Badehalle sagen, die ungefähr 18 Meter lang und 6 Meter breit war. Sie war vollständig mit Fliesen ausgelegt. Die Wände waren mit weißem und dunkelrotem Marmor ausgekachelt. Die Decke war genauso beschaffen.

An einigen Stellen standen große venezianische Spiegel. Rundherum waren flache türkische Diwane und Perserteppiche. In den Ecken standen exotische Pflanzen und viele blühende Zwergbäume. In der Mitte der Halle befand sich ein großer Swimmingpool aus weißem Marmor.

Aus silbernen Hähnen floss wahlweise warmes und kaltes Wasser. In der Mitte war ein Springbrunnen, der von einem kleinen, aber wirksamen Elektromotor angetrieben wurde, in jeder Ecke waren Wasserpflanzen, die durch Gitter vor dem heißen Wasser geschützt wurden.

Eine Anzahl von Kanarienvögeln und andere Vögel mit prachtvollem Gefieder flogen frei in der Halle umher, die ein idyllisches Aussehen hatten und durch ihre Aquarien und den weißen Marmor bei dem Beschauer den Eindruck hervorriefen, sich in einem antiken Garten aufzuhalten.

Lord Reginald und seine Freunde gaben sich in diesem pompösen Baderaum ihren Vergnügungen hin, so z.B. Ringkämpfen im Wasser und anderen Sportarten.

Der Gastgeber war ein furchtloser Schwimmer. Er nahm oft Frauen zusammen mit seinen Freunden mit an Bord. Dann badeten sie gemeinsam.

Man sagt, sie würden sich in sehr freizügiger Weise bei diesen gemeinsamen Bädern amüsieren. Aber das waren alles nur Gerüchte, die man nicht nachprüfen konnte.

Der Salon war in orientalischem Stil eingerichtet. Überall waren flache Diwane, Kissen, Wandteppiche und Teppiche in großer Zahl. Es herrschte eine ruhige, vertraute, heitere, sehr ausgelassene und sinnlich-gefühlvolle Atmosphäre.

Die Besatzung der Jacht bestand aus 40 Mann und dem adligen Besitzer, der das Kommando selbst ausübte, weil er das Schiffsführerpatent besaß. Als Ersten Offizier hatte er sich seinen Intimfreund genommen, der ein pensionierter Offizier der U.S. Marine war.

Man sagt, dass dieser Offizier gezwungen wurde, wegen eines für ihn nicht sehr lobenswerten Vorfalles, seinen Abschied zu nehmen. Er hatte die Tochter eines Kapitäns mit an Bord genommen, mit der er einige Monate zusammen schlief und die er dann verließ.

Solche Details sind nicht belanglos, weil sie gewisse merkwürdige Vorfälle erklären.

Die Nénuphar war, wie man sagen kann, eine Lustjacht, die gerade dazu geschaffen war, die ausgefallenen Einfälle ihres exzentrischen Besitzers und einer Gesellschaft von Lebemännern und Lüstlingen zu verwirklichen, die mit großer Delikatesse ihren Vergnügungen frönten.

Der Comte X., mein Chef, war in dieser Hinsicht keine Ausnahme. Er zeigte eine auffallend große Neigung zu allen Arten von Ausschweifungen. Man hatte mir mitgeteilt, dass wir zusammen mit dem Besitzer auslaufen würden.

Ich sollte mich bereithalten, denn der Comte hatte literarische Pläne, obgleich er nicht fähig war, seine Amouren zu Papier zu bringen. Ich war beauftragt worden, sie für ihn aufzuschreiben. Auf diese Weise habe ich mich öfter - natürlich auf seine Kosten - amüsiert.

Es war sein besonderer Wunsch, dass ich ihn begleitete, damit ich ein Buch über diese Kreuzfahrt schrieb, das er nach seiner Rückkehr veröffentlichen wollte. Wir werden später noch erfahren, dass widrige Umstände ihn daran hinderten.

Einige Tage vor der Ankunft von Lord Reginald wurde eine große Menge Proviant und Vorräte an Bord gebracht. Ich war zufällig an Deck und kümmerte mich darum, dass die Kabine des Comte X. ordentlich eingerichtet wurde.

Er liebte Bequemlichkeit und Komfort. Da ich gleichzeitig den Posten eines Kammerdieners bei ihm einnahm, tat ich mein Bestes, um seinen Aufenthalt an Bord so angenehm wie nur möglich zu machen.

Die großen Vorräte versetzten mich in Erstaunen.

Ich wusste, dass ungefähr 20 Personen eingeladen waren, die zusammen mit der Mannschaft, einigen Offizieren, Ingenieuren, Heizern, Kohlentrimmern, Köchen, Stewards etc. eine Mannschaft von 60 Personen bildeten.

Aber nach meiner Berechnung reichten die Nahrungsvorräte für eine Fahrt zum Südpol, ohne dass in irgendeinem Hafen eingelaufen werden musste. Aber ich wusste, dass die Jacht in Neapel und Messina anlegte.

Da ich viel zu tun hatte und von Natur aus nicht besonders wissbegierig war, maß ich der Verproviantierung keine Bedeutung bei. Denn zur selben Zeit erfuhr ich von der Ankunft des Lord Seacombe und mir wurde von dem Comte X. die Anweisung gegeben, am folgenden Tag an Bord zu gehen.

Kapitel 2

Ein Blumenbukett

Lord Reginald war angekommen und mit ihm alle Gäste. Es waren sieben Männer, die zusammen mit dem Besitzer und dem Comte X. sich auf neun Söhne Adams erhöhten. Das schöne Geschlecht wurde von acht Damen repräsentiert, die zusammen ein sehr reizendes Bukett natürlicher Blumen bildeten, die man sich nur vorstellen kann.

Ihre Schönheit und Anmut wetteiferten mit ihrer Jugendfrische. Ich muss zugeben, dass die Messieurs keinen schlechten Geschmack und große Kenntnisse in der Anthropologie und bildenden Kunst hatten. Mein Chef war der einzige Junggeselle in dieser Gesellschaft. Auf den ersten Blick sah man, dass unter diesen hübschen Frauen keine war, die hätte beanspruchen können, von königlichem Geblüt zu sein. Sie waren alle Königinnen, aber nur Königinnen der Nacht.

Ich will meine Zeit nicht damit verschwenden, indem ich von den Freunden Lord Reginalds ein Portrait liefere. Sie gehörten alle zu den Oberen Zehntausend, besonders aber zu dem Clan der Lebemänner, Gecken und Dandies, sich alle einander ähneln und für die diese Beschreibung zutrifft: Sehr elegant, chic bis zu den Grenzen der Extravagance und ihre Kleidung entsprach derselben Moderichtung, weil sie von Haute Couturiers angefertigt wurden.

Was nun die Damen anbelangte, konnte man viele Beobachtungen machen. Ich muss gestehen, wenn ich damit beauftragt worden wäre, der Schönsten von diesen acht den goldenen Apfel zuzuerkennen, dann wäre ich in derselben Verlegenheit wie Paris gewesen.

Ich will nun so wirklichkeitsgetreu wie möglich diese hübschen weiblichen Passagiere beschreiben, welche die Messieurs zu dieser Kreuzfahrt eingeladen hatten. Im wahrsten Sinn des Wortes sollte es eine Fahrt nach Cythera werden, denn aller Wahrscheinlichkeit nach würden wir bis nach Smyrna fahren. Deshalb müssen wir den Peloponnes an dieser Stelle umfahren, wo das steile Vorgebirge sich weit ins Meer hinaus erstreckt und sich diese Insel befindet, die der Venus und der Liebe geweiht ist.

Grundlage meiner Schilderung sind meine Notizen, die ich später aufgezeichnet habe und die Gespräche, die ich zufällig mit angehört habe.

Zuerst muss man bemerken, dass drei dieser Damen zur Halbwelt gehörten. Sie waren Hohepriesterinnen der Venus und hatten sich auf dem Schlachtfeld der Venus einen hohen Rang erworben. Es waren auch zwei Schauspielerinnen darunter, die man sehr oft auf den Bühnen der großen Theater in Paris sehen konnte. Sie gehörten nicht zur Halbwelt, aber mit Geld konnte man einiges bei ihnen erreichen.

Unter den drei anderen weiblichen Passagieren war eine ehemalige Schneiderin aus einem großen Modehaus in Paris. Dort brachte sie es bis zum Mannequin. Sie war auf die schiefe Bahn geraten, als ein wenig seriöser Liebhaber sie einfach sitzen ließ. So stand sie vor der Wahl, entweder einer ehrlichen Arbeit nachzugehen oder aber ihr Glück in der Pariser Lebewelt zu versuchen. Sie überlegte nicht lange. Schon nach kurzer Zeit warf sie sich in die Arme des erstbesten Liebhabers, bei dem sie die wahre Liebe zu genießen glaubte und keine Gewissensbisse spürte. Alles verlief nach ihren Wünschen bis zu diesem Tag, an dem ich sie an Bord der Nénuphar sah.

Die beiden anderen Damen waren noch ziemlich unerfahren. Sie hatten auf die Ratschläge ihrer Freunde gehört und die Moral vergessen. Der Liebhaber der jungen Schneiderin hatte sie gefragt, ob sie nicht fünf oder sechs Freundinnen beschaffen könne. Trotz all ihrer Bemühungen konnte sie nur diese beiden - wahrlich echten Juwelen - auftreiben. Sie wünschten nichts anderes, als ihre Arbeit in dem Modehaus mit den Vergnügungen zu vertauschen, mit denen ihre Verführerin ihnen die Sinne betört hatte.

Später konnte ich feststellen, dass sie noch im Besitz ihres Schatzes waren, welches der vornehme französische Ausdruck für Jungfräulichkeit ist. Sie hatten den letzten Schritt noch nicht getan. Aber mit Angst und Furcht warteten sie auf diesen Moment, wo sie ihn machen mussten.

Die älteste unter den weiblichen Gästen, die am mondänsten gekleidet war, war in Paris, wo man sich den größten Ausschweifungen

hingab, als Liane de Vibrecoeur bekannt. Sie war sehr verführerisch und bildhübsch.

Ihr prächtiges Haar war ohne jede Ordnung in hübsche Löckchen gelegt, die es in wunderbarer Weise zur Geltung brachten. Ihre blauen Augen waren von langen Wimpern umschattet. Ihre Nase war klein und ihr Mund hatte eine anmutige Form. Ihre Ohren waren sehr klein und perlförmig. Sie ähnelte einer der reizenden Puppen, die man in den vornehmen Spielzeugläden bewundern konnte, wo man Kindern aus reichem Haus teures Spielzeug kaufte.

Liane de Vibrecoeur verstand es, durch eine mit sehr viel Geschick ausgewählte Kleidung, all die Reize ihrer Schönheit zur Geltung zu bringen. Deshalb mussten sogar ihre Rivalinnen zugeben, dass sie zum Modell geradezu geschaffen war. Obgleich sie erst 25 Jahre alt war, hatte sie schon zwei Vermögen durchgebracht. Sie war gerade im Begriff, ihren dritten Beschützer zu ruinieren, der sie mit an Bord genommen hatte. Es war dies der Comte Oskar Polsky, ein reicher Adliger aus Warschau. Mit Ausnahme des Comte X. war dieser Herr der einzige männliche Passagier, der kein Engländer oder Amerikaner war.

Ihre Freundin, Cléo Montauciel, hatte den Ruf, der wildeste kleine Tollkopf im Regiment der Venus zu sein. Sie war 22 Jahre alt und besaß all die Reize und Schönheit der Jugend. Sie war gut gebaut. Wegen ihrer köstlichen Brüste und erregenden Taille konnte sie sehr gefährlich werden. Da sie leidenschaftlich und lüstern im höchsten Grade war, gab sie ihren Liebhabern kein Pardon. Ein kräftiger Mann, ein Walliser Adliger, der gerade dazu geschaffen schien, das lüsterne Temperament dieses liebeshungrigen Mädchens zu zähmen, hatte sieben Pfund innerhalb von 14 Tagen abgenommen.

Die dritte Priesterin der Venus, die man eingeladen hatte, war der Typ der vor Liebe schmachtenden jungen Frau, die aus ihrer Apathie und Vorliebe zum Nichtstun die Kraft schöpfte, um den Männern den Kopf zu verdrehen. Sie hatte einen dunklen Teint, einen vornehmen Gesichtsausdruck, eine schlanke Taille, gut geformte Brüste und zierliche Hände und Füße. Ihr Äußeres war in einer Weise, die nicht beschrieben werden kann, attraktiv und sympathisch. Von ihren sinnlichen Lippen glaubte ein Verehrer immer Liebesschwüre abzulesen. Wie Cléo Montauciel war sie gerade 22 Jahre alt und hatte den hübschen Namen Stella Carina - was soviel bedeutet wie der geliebte Stern.

Die beiden Schauspielerinnen, die an unserer Kreuzfahrt teilnahmen, waren ganz anders als diese Damen. Die eine war groß, schlank und hübsch. Ihre blonden Haare erweckten den Eindruck, als ob sie gefärbt seien. Sie war die personifizierte Gefühllosigkeit. Ihre Brüste waren sehr groß und ihre Gesichtszüge vollkommen regelmäßig. Sie besaß einen biegsamen Körper und ihr Kopf bewegte sich anmutig auf einem kräftigen und verführerischen Nacken.

In all ihren Gesten, Gang und sogar in ihren Reden konnte man eine vorgetäuschte Lässigkeit und Langeweile bemerken. Aber sie war wirklich charmant und bestimmt fähig, die zügellosesten und wildesten Begierden bei den Männern zu wecken. In Künstlerkreisen war sie als Blanche de Noir Mont bekannt. Sie war zwischen 23 und 24 Jahre alt.

Esther Hazy, ihre Gefährtin, unterschied sich völlig von der hübschen Blanche de Noir Mont. Sie waren ungefähr gleichaltrig. Während Blanche gefühllos und apathisch zu sein schien, war Esther ein Beispiel an Lebhaftigkeit, Wärme und Leidenschaft. Sie war wie Quecksilber. Sie war klein, aber in jeder Hinsicht gut proportioniert.

Ihre Haut war dunkel wie die einer Spanierin und dazu besaß sie pechschwarze Haare. Sie hatte das typische Aussehen einer Frau aus dem Süden, der das Blut in den Adern kochte. Ihre großen, dunklen Augen funkelten, wenn sie ihren Mund aufmachte. Sie sprach so schnell wie ein Mühlrad, das vom Wasser schnell bewegt wird. Sie war mit Leib und Seele eine Lebedame, die immer zu Liebesabenteuern bereit war. Sie dachte nur an ihre Liebesfreuden, wenn sie ausrief: „Nach mir die Sintflut!"

Esther hatte einen Engländer gefunden, der das Geld ohne zu zählen ausgab und ihr alle Torheiten und Launen ermöglichte. Das junge Mädchen aus dem Modehaus in der Rue de la Paix, wo sie als Mannequin beschäftigt war, die es für sinnvoller und einträglicher hielt, sich mit etwas anderem zu beschäftigen, hatte sich auch einen anderen Namen zugelegt. Sie nannte sich Odette Myosotis.

Ihr Wahlspruch lautete: „Vergiss mich nicht!"

Ohne Zweifel besaß dieses verdorbene Mädchen alle Eigenschaften, um niemals vergessen zu werden.

Sie war wie eine Göttin der Antike gebaut. Ihre bildhübsche Figur wurde noch durch ein schönes Kleid zur Geltung gebracht, das eng anlag und ihrem Äußeren etwas Verführerisches verlieh, sodass ein Wollustschauer die Männer durchfuhr. Ihr Freund nannte sie die Venus von Milo.

Vom Scheitel bis zur Sohle war sie eine hübsche Frau. Besonders reizvoll war ihr Haar, dessen Farbe, obwohl sie es goldblond gefärbt hatte, wie echt aussah. Es gefiel ihr, ihre Haare herabhängen zu lassen und diese gelben, seidenweichen Strähnen wurden vom Wind hin und her bewegt.

Es war deshalb nicht überraschend, dass die hübsche Odette Myosotis sehr rasch Karriere machte. Sie wurde zu dieser Zeit gerade von einem reichen Engländer ausgehalten. Nur ein Engländer ist dazu fähig, wegen einer jungen Frau riesige Summen auszugeben, damit sie ihm wenigstens einige Beweise ihrer Dankbarkeit zeige.

Renée Douglars, eine von Odettes kleinen Freundinnen, war als ein Pariser Lehrmädchen schon genug verdorben, sodass sie glaubte, zu etwas Besserem bestimmt zu sein. Sie war sehr hübsch und stellte triumphierend die Reize ihrer 19 Jahre in Paris zur Schau.

Sie war ausgelassen, heiter, für Gefühle empfänglich und zu Abenteuern aller Art bereit. Sie konnte sich schon damit brüsten, zwei kleine Liebesaffären gehabt zu haben. Aber sobald der kritische Augenblick kam, konnte sie sich gerade noch rechtzeitig zurückhalten. Die Lokomotive hatte gerade den Eingang des Tunnels erreicht, ohne dass es ihr gelang, einzudringen. Nun wollte sie aber den letzten Schritt tun.

Sie war für ihr Alter gut entwickelt und nicht schlecht gebaut, obgleich ihre Brüste etwas klein waren. Dieser kleine Fehler wurde aber durch die Schönheit der Beine und Oberschenkel, die beide verführerisch waren, wieder ausgeglichen. Sie besaß besonders diese Reize, welche die Jugend auszeichnen. Doch sie war ein wenig gehemmt, obgleich sie nichts unversucht ließ, um aufgeweckt und spitzbübisch zu erscheinen.

Aber das passte gut zu ihr! Durch ihre schönen Haare, dessen große Locken ihr gut standen, und ihr schönes, ein wenig schnippiges Gesicht sah sie wie eine schmackhafte und süße Frucht aus, die gerade reif geworden war. Sobald das Auge sie sah, konnte man sich nicht mehr zurückhalten, hinein zu beißen.

Micheline Darcourt war nur 18 Jahre alt. 18 Jahre - süße, köstliche 18 Jahre! Das ist ein Alter, in dem man von der Liebe träumt und das für die Vergnügungen ideal ist.

Aber durch den schlechten Einfluss ihrer Arbeitsstelle hat sie ihre eigentliche Unschuld verloren, die den Reiz einer Jungfrau ausmacht. Micheline war physisch noch ein Mädchen. Ihr Körper war unberührt, aber ihre Seele war verdorben. Balzac drückt dies so aus: „Jungfräulich war noch ihr Körper, aber unverdorben? Nein!"

Sie war an diesem Punkt angekommen, wo auch das unbedeutende Ereignis über das Schicksal einer Jungfrau entschied.

Sie war nicht besonders schön, aber sie besaß, ohne es zu wissen, ein hübsches Gesicht.

Diese junge Dame war verführerisch, gefühlvoll, attraktiv und besaß diese Art von Schönheit, die erst durch Reizmittel zur Entfaltung gebracht werden muss, um richtig gewürdigt zu werden. Micheline zögerte ein wenig, bevor sie einwilligte, an Bord zu gehen.

Als man ihr aber feine Kleider, Juwelen, zahllose Vergnügungen und Müßiggang versprach, änderte sie ihre Meinung und ging über die Gangway.

Trotzdem war Micheline besorgt. Sie dachte nämlich mit Schrecken an den Augenblick, wo man „es ihr machte". Sie hatte keinen Mut, denn sie fürchtete sich vor dem geringsten Schmerz. Der Stich einer Nadel ließ sie aufschrecken.

Trotz der Freuden und Vergnügungen, die sie zu erwarten hatte, zitterte sie, wenn sie an den ersten Schmerz dachte, denn sie wusste, dass er von Schreien und Zähneknirschen begleitet war. Odette versuchte, ihren Mut durch Zureden zu heben.

Micheline verbarg hinter einer fröhlichen und ausgelassenen Miene ihre geheimen Ängste. Unschwer konnte man erkennen, dass sie wieder von Bord gegangen wäre, wenn sie es gekonnt hätte. Aber es war zu spät. Sie war an Bord gegangen. Jetzt musste sie auch bis zum Ende dort bleiben.

Dies war die Gesellschaft, die sich auf der Nénuphar versammelt hatte, als das prächtige Schiff Dampf abließ, um zu seiner Kreuzfahrt aufzubrechen.

Kapitel 3

Ein Abenteuer

Zwei Tage waren seit unserer Abreise aus Cannes vergangen. Lord Seacombe gab mir den ersten Beweis seiner Launenhaftigkeit, indem er den Kurs der Jacht änderte und auf Nizza zusteuerte, wo wir am anderen Tag ankerten.

Man feierte gerade Karneval. Die Straßen waren vollgestopft mit maskierten Menschen. Die Feierlichkeiten befanden sich gerade auf ihrem Höhepunkt und es herrschte überall Trubel und Heiterkeit.

Die ganze Reisegesellschaft ging an Land und nahm an den Vergnügungen teil. Ich wurde von meinem Chef informiert, dass man einstimmig beschlossen habe, einen Maskenball an Bord der Nénuphar zu veranstalten.

Da wir keine Kostüme an Bord hätten, mussten wir in Nizza ankern, um sie uns dort zu beschaffen. Aber hier waren Schwierigkeiten aufgetaucht. Die Kostüme, die man in der Stadt kaufen konnte, entsprachen nicht dem Geschmack von Lord Reginald, der besonders tadelte, dass sie nicht genügend freizügig waren.

Bei einem seiner Scherze während des Soupers setzte er einen Preis von 100 Pfund Sterling für die Frau aus, deren Kostüm durch das Votum der Herren als das Schönste erklärt wurde. Die Herren sollten nämlich eine Jury bilden, die darüber befinden sollte, welche Frau sich mit dem größten Einfallsreichtum und Geschmack verkleidet habe.

Es erübrigt sich zu erwähnen, dass Lord Seacombe allen Damen einen unbegrenzten Kredit gewährte, um bei Kostümbildnern der Oper und anderen bedeutenden Haute Couturiers der Fürstin von Monaco einzukaufen. Durch diesen Einfall machten wir sechs Tage an der Riviera Halt.

Alle Damen beschafften sich ihre Kostüme unter größter Geheimhaltung und es war unmöglich, auch nur durch die kleinste Indiskretion zu erfahren, welche Überraschung sie sich für uns auf dem Kostümball ausgedacht hatte.

Bei unserem Aufenthalt in Nizza wollte sich der Comte auf besondere Weise amüsieren. Da er in dieser Gegend wohnte, traf er sich mit mehreren Freunden und wollte mit den dunkelhäutigen Schönheiten der näheren Umgebung flirten. Bei all seinen Ausflügen durfte ich ihn begleiten. Am zweiten Tag nach unserer Ankunft erlebten wir ein merkwürdiges Abenteuer.

Der Comte und ich streiften ohne festen Plan umher. Er betrachtete die Sterne, während ich nach rechts und links mich umblickte, um irgendetwas Interessantes zu sehen. Plötzlich bemerkte ich in der Ecke einer ruhigen Seitenstraße eine Frau, die offensichtlich in einfachen Verhältnissen lebte.

Denn die Kleidungsstücke, die sie am Leib trug, waren alle aus der Mode gekommen. Sie lächelte mich an. Neben ihr stand ein Mädchen von ungefähr 17 Jahren, die ebenfalls seltsam gekleidet war. Sie war auffallend schön. Noch niemals habe ich eine so schöne Blondine gesehen. Ihr ovales, ziemlich längliches Gesicht zierten zwei große, schwarze Augen, deren schmachtender Blick mir nahe ging.

„Oh! Das liebliche Mädchen!“, rief ich aus. Der Comte drehte sich um und - er war ein Kenner auf diesem Gebiet - erkannte, dass ich mich nicht getäuscht hatte. Er besaß ein besonderes Talent, das ihm ermöglichte, mit einem Blick eine Frau auszuziehen und unter der Kleidung all ihre Reize und Fehler zu entdecken.

Er ging noch einige Schritte mit mir weiter und sagte dann: „Die alte Frau macht den Eindruck, als ob sie eine Kupplerin ist. Ich verlasse Sie jetzt! Versuchen Sie herauszufinden, wer sie ist! Sie haben freie Hand, falls nachgeholfen werden muss! Aber geben Sie auf jeden Fall Acht, damit Sie nicht in Schwierigkeiten geraten! Verderben Sie mir den Spaß nicht! Das hübsche Mädchen ist es wert, einmal näher betrachtet zu werden!“

Nachdem der Comte mir noch einmal auf diskrete Weise sein Einverständnis ausgedrückt hatte, verließ er mich. Ich ging wieder zu den beiden Frauen zurück. Die alte Frau lächelte mich wieder mit demselben einladenden Lächeln wie vorher an. Ich wusste noch nicht genau, wie ich es anstellen sollte, um einen Fehler zu vermeiden. Deshalb bat ich die alte Frau, mit mir ein wenig abseits zu gehen.

Da sie sofort wusste, was ich wollte, sagte sie augenzwinkernd zu mir: „Kommen Sie mit mir! Ich will sie Ihnen zeigen!"

Sie sagte dies in Patois, einem Mischdialekt aus Französisch und Piemontesisch. Sie nahm mich an ihre Seite, während das hübsche Mädchen in der Straßenecke wie eine Madonna in einer Nische stand.

„Was halten Sie von ihr? Ich meine das kleine Mädchen!" Sie kam geradewegs zur Sache.

„Bildhübsch! Köstlich!", antwortete ich, als ich sah, dass ich es mit einer Italienerin zu tun hatte. Ich wusste, dass die Italiener zu Übertreibungen neigen.

„Wie viel wollen Sie bezahlen, um sich mit ihr zu amüsieren?"

Ich war für einen Augenblick sprachlos, denn ich hatte nicht geglaubt, dass das Geschäft so schnell hätte abgeschlossen werden können. Die alte Frau machte keine großen Umstände. Ohne das geringste Schamgefühl bot sie mir ihre Ware an. Da die Sache so einfach war, konnte ich meine Zurückhaltung aufgeben.

„Den Betrag, den Sie haben wollen! Wer ist die Kleine eigentlich?"

Die alte Frau erzählte mir, dass diese junge Schönheit eine ihrer Nichten sei, die an diesem Tag aus Asti Piemont gekommen sei. Sie sei sehr gehorsam. Die alte Kupplerin versicherte mir zwar nicht ausdrücklich, dass das junge Mädchen noch eine Jungfrau war, aber auf Grund des hohen Preises, der in Francs bezahlt werden sollte, konnte ich dies vermuten. Da keine große Eile notwendig war, konnte der Anschein gewahrt werden.

Deshalb erzählte ich ihr, dass mein Chef ein Amateurmaler war, der ein Modell suchte. Dabei fügte ich hinzu, dass er meistens nach Aktmodellen arbeitete. Folglich suche er Modelle, die nicht sehr prüde seien. Seine Modelle müssten bereit sein, im Evakostüm vor ihm zu sitzen. Da mein Chef viel reise, müssten sie bereit sein, ihn zu begleiten und bisweilen für zwei oder drei Wochen von zu Hause fort zu sein.

„Das macht nichts! Die Kleine geht dorthin, wo es nötig ist, solange die Bezahlung im Voraus erfolgt!"

„Wie viel ist das?“, wollte ich wissen.

„Zwanzig Francs pro Tag im ersten Monat und fünfzehn Francs pro Tag in den folgenden drei Monaten. Natürlich muss alles im Voraus bezahlt werden!“

Als ich darüber nachdachte, fügte das alte Vettel schnell hinzu: „Sie müssen wissen, sie macht alles, was Sie von ihr verlangen! Sie ist zu allem bereit!“

Die Kupplerin hatte mir in zynischer Weise die Augen geöffnet und alle meine Zweifel waren beseitigt. Ich antwortete ihr nicht, sondern gab vor, wieder in Gedanken versunken zu sein.

Als sie sah, dass ich noch zögerte, nahm mich die alte Frau beiseite und sagte zu mir in ihrem Dialekt: „Wenn Sie einen Beweis wollen, dass sie noch eine Jungfrau ist, dann beschaffe ich Ihnen ein Gutachten von einem Arzt. Sie können sich ihn auch selbst auswählen!“

„Das ist überflüssig! Ganz überflüssig!“, erwiderte ich. „Darum geht es mir nicht! Ich suche für meinen Chef ein Modell, verstehen Sie, und nichts mehr!“

„Ich verstehe!“, antwortete die alte Frau augenzwinkernd und mit einem bedeutungsvollen Lächeln.

„Auf jeden Fall muss ich erst mit meinem Chef sprechen!“, erwiderte ich, um das Gespräch zu beenden. Ich ekelte mich, weil ich überzeugt war, dass ich eine Mutter vor mir hatte, die ihre eigene Tochter verkaufte.

Ich bat die alte Kupplerin, auf mich hier an dieser Stelle zu warten. Sie sollte auch entschuldigen, dass ich sie nicht mit in ein Café nahm, denn ich hatte Angst, das junge Mädchen zu kompromittieren.

Sie versprach mir, auf mich zu warten. Ich ging zum Comte zurück und erstattete ihm Bericht.

Ich muss zu meiner eigenen Schande gestehen, dass ich ein wenig das Vertrauen missbrauchte, das der Comte in mich setzte. Ich erzählte ihm nämlich, dass ich noch an diesem Abend Bescheid geben müsse und das Mädchen ihm dann am nächsten Tag zur Verfügung stehe.

Ohne zu zögern, stellte der Comte mir einen Scheck über 600 Francs aus. Er bat mich, die notwendigen Vorsichtsmaßnahmen nicht außer Acht zu lassen und ihm das Mädchen am nächsten Tag an Bord der Jacht zu bringen. Weiterhin trug er mir auf, sie nicht aus den Augen zu lassen.

Nachdem ich zu der alten Frau und der kleinen Madonna zurückgekehrt war, die immer noch geduldig auf mich warteten, nahm ich sie beide mit in ein abgelegenes Café wo ich der Mutter den Scheck aushändigte.

Sie ließ einen Fiaker kommen, der uns alle drei in mein Hotel brachte, wo der Scheck sofort eingelöst wurde. Dies hob die Stimmung der alten Frau.

Da ich ihr das Geld bezahlt hatte, hielt sie mich auch für den Käufer und gab der kleinen Schönheit die nötigen Instruktionen. Ich kaufte dem Mädchen einen Ring, sodass sie vor Freude in die Luft sprang.

Es muss jedoch angemerkt werden, dass die Alte dem Mädchen nur allgemeine Verhaltensmaßregeln gegeben hatte, ohne dass sie ins Detail ging. Sie musste mir nur aufs Wort gehorchen! Dies war bereits schon sehr viel!

Ich wünschte keine Abschiedsszene. Sie waren sehr zärtlich. Die Kleine weinte laut und der Alten liefen die Tränen herunter. Es hätte nicht viel gefehlt, da wäre ich ebenfalls in Tränen ausgebrochen.

Danach führte ich das Mädchen mit mir weg. Ich nahm sie mit ins Café und bot ihr einige Erfrischungen an. Später gingen wir in ein Restaurant, wo wir soupierten. Der Kellner mietete gemäß meinen Instruktionen in einem benachbarten Hotel ein Doppelbettzimmer.

Ich hatte einen Plan - jeder ist sich selbst der Nächste. Das Mädchen war sehr gelehrig. War es Berechnung oder Lasterhaftigkeit? Ich kann es nicht sagen. Ohne zu zögern folgte sie mir. Ich erklärte ihr, ich müsste sie als meine Schwester ausgeben, damit sie in demselben Raum mit mir schlafen könnte. Natürlich hätte sie ein eigenes Bett. Sie erhob keine Einwände und folgte mir bis ins Schlafzimmer. Es war nun Zeit für uns, ins Bett zu gehen. Das Mädchen zögerte! Ich stand bewegungslos wie eine Statue da und sie wagte sich nicht auszuziehen.

„Bitte, Giovanina!", sagte ich - ihr Name war Giovanina Metelli -, „bitte, sei nicht töricht: Was wirst Du erst machen, wenn Du nackt meinem Chef Modell stehen musst?"

„Ganz nackt?", sagte sie bestürzt. „Ja, ganz nackt!"

Sie sah mich scharf an und zuckte ungläubig die Achseln. Dann fügte sie noch hinzu: „Stimmt das wirklich?"

Ich bestätigte ihr das noch einmal. Dann stieß sie einen Seufzer aus. Da sie an Gehorsam gewöhnt war, flüsterte sie auf Italienisch: „Na schön! Es muss eben sein!"

Dann begann sie, sich auszuziehen. Ich wollte ihr gern helfen, aber sie erlaubte dies nicht. Sanft stieß sie mich weg. Ich setzte mich auf den Bettrand und betrachtete ruhig das aufreizende Schauspiel, das sich mir darbot.

Währenddessen hatte sie ihr Mieder ausgezogen.

Ihre Arme waren entblößt. Ihre hübschen Brüste zeichneten sich unter ihrem Hemd ab, das zwar ganz weiß, aber aus grobem Stoff war. Plötzlich hielt sie inne, sah mich an und sagte: „Wollen Sie sich nicht ausziehen?"

Vielleicht täuschte ich mich, aber es schien mir, dass ich in den Augen des hübschen Mädchens diese unanständige Neugierde entdeckte, die ein Hinweis auf die ersten Begierden einer voll entwickelten Jungfrau war.

Ohne ein Wort zu sagen, zog ich mich aus. Während das junge Mädchen fortfuhr, ihre Kleidung auszuziehen, offenbarte sie mir allmählich ihre geheimen Reize.

Als wir beide halbnackt waren, ich im Hemd und sie im Unterhemd, und uns gegenüberstanden, hielten wir beide inne und schauten uns an; gleichsam als ob wir sagen wollten: „Nun, was kommt als Nächstes?"

Ich konnte der Versuchung nicht widerstehen, dieses charmante Wesen zu küssen. Ich machte es reichlich, weil sie mir nicht den geringsten Widerstand entgegensetzte. Dann bat sie mich, ins Bett zu gehen. Ich erfüllte ihr diesen Wunsch, obwohl ich sehr verwirrt war.

Ich schlüpfte ins Bett hinein und blies das Licht aus. Ich konnte nicht einschlafen und bemerkte, dass Giovanina ebenfalls nicht die Augen geschlossen hatte.

Als ich mich nicht länger zurückhalten konnte, zündete ich die Kerze wieder an, stieg kühn aus meinem Bett und näherte mich dem hübschen Mädchen.

„Was wollen Sie?“, sagte sie ganz naiv zu mir.

Ohne Umschweife gab ich ihr zur Antwort: „Es ist mir zu kalt. Ich denke, wir sollten uns zusammen ins Bett legen. Sei so gut und mache mir bitte Platz!“

„Wie können Sie nur an so etwas denken?“, hielt sie mir entgegen. „Ein Mann bei mir im Bett?“

„Oh! Das macht nichts!“, antwortete ich.

„Du musst früher oder später mit einem Mann schlafen!“

„Ja und das wird mein eigener Ehemann sein!“, war ihre Antwort.

Ohne ein Wort zu sagen, hob ich die Bettdecke hoch und schlüpfte ins Bett. Doch ich vermied es sorgfältig, sie zu berühren. Nach ein paar Sekunden rieben unwillkürlich meine Knie an ihren Oberschenkeln.

Es folgte eine Art elektrischer Schlag. Wir rückten näher zusammen.

Ganz allmählich nahm ich sie in meine Arme, obwohl sie noch ein wenig Widerstand leistete. Als sie nun sah, dass ich bereits das Spiel gewonnen hatte, begann ich sie zu küssen und zu umarmen.

Sie ließ mich gewähren, ohne dass sie den geringsten Widerstand mir entgegensetzte. Meine Küsse erwiderte sie nicht.

Sie war völlig passiv. Ich wurde kühner und liebkoste ihren Hals und ihre kleinen Brüste, die hart und fest wie Marmor waren.

Sodann küsste ich ihren weichen Bauch und streifte mit meiner Hand bis zu ihrem Kätzchen. Ohne Widerstand ließ sie sich das alles gefallen.

Ja, ich glaubte sogar zu bemerken, dass sie bei diesem Spiel eine gewisse Freude empfand, weil es offenbar neu für sie war.

Nun versuchte ich, ihr mit meinen Fingern Wollust zu verschaffen. Jetzt gab sie ihre Zurückhaltung auf und zum ersten Mal berührte sie mit ihrem Mund meinen Schnurrbart.

Sie lag wie ein Spielzeug in meinen Armen.

Ich brannte vor Begierde, sie zu besitzen. Denn ich sah, dass sie die Lage nicht ganz begriff. Ich versuchte ihr meine Wünsche begreiflich zu machen, die sich von diesen kleinen Spielen unterschieden.

In ihrer Naivität hatte sie offenbar gedacht, dies sei schon alles. Ängstlich leistete sie Widerstand. Aber im Vertrauen auf meine gegenwärtige Stärke erinnerte ich sie an die Worte ihrer Tante, die ihr aufgetragen hatte, mir aufs Wort zu folgen. Schließlich war sie vernünftig und gab klein bei.

„Was soll ich machen?“, fragte sie mich.

„Ich möchte Dich gern näher betrachten!“, sagte ich.

Sie musste sich ausstrecken und die Oberschenkel spreizen. Sie leistete keinen Widerstand. Als ich mich auf sie legte und in ihre kleine Hand mein steifes Glied legte, das so hart wie Eisen war, bekam sie Angst.

„Steck es bei Dir hinein!“, sagte ich zu ihr. „Zeig ihm den Weg!“

Sie konnte sich dazu nicht entschließen und ich spürte ihre Ablehnung. Ich war zu erregt, um die Sache nicht selbst in die Hand zu nehmen.

Mit einer schnellen Bewegung nahm ich sie in meine Arme und führte mein Glied selbst ein. Doch dies gelang mir nur teilweise, denn ich hatte mich ungeschickt angestellt. Sie fing zu schreien an und warf mir vor, brutal zu sein.

„Na schön! Ich will es zärtlicher machen!“, sagte ich. Nach einer kurzen Auseinandersetzung gab sie nach. Halb bewusstlos und von einem Wollustschauer ergriffen empfing sie zum ersten Mal in ihrem Leben den göttlichen Balsam.

Ungefähr eine halbe Stunde war sie halb bewusstlos. Ich betrachtete sie ruhig mit dem Stolz eines Hahnes, der soeben eine Henne widerstandslos begattet hatte.

Dann wischte ich die Flecken vom Betttuch, von meinem Glied und den Oberschenkeln meines Opfers. Meine Augen, die vor Wollust weit geöffnet waren, hörten nicht auf, ihre Reize anzustarren.

Es dauerte eine Zeitlang, bis sie das Bewusstsein wiedererlangte.

Ihre erste Reaktion bestand darin, gierig nach meinem Glied zu greifen. Instinktiv führte sie es in ihre Liebesgrotte.

Ich musste nicht lange aufgefordert werden. Ich nahm sie in meine Arme. Bis zum Morgen liebten wir uns pausenlos. Dasselbe machte ich am nächsten Tag, denn ich hatte mir einen Vorwand ausgedacht, um den Comte warten zu lassen.

Aber als ich die Giovanina Metelli, dieses hübsche verehrungswürdige Mädchen aus Piemont zu dem Comte, ihrem rechtmäßigen Besitzer und eigentlichen Käufer, brachte, war sie nicht länger eine Jungfrau.

Übrigens hatte ich ihr eingeredet, dass sie alle Arten von Schmerzen erdulden müsse, wenn sie sich einem Anderen hingäbe. Ich habe richtig gehandelt, denn bis zum heutigen Tag gehört mir noch das hübsche Mädchen.

Ich weiß genau, dass kein anderer Mann mit ihr geschlafen hat. Ich hatte meine Vorsichtsmaßnahmen zu weit getrieben.

Kapitel 4
Der Maskenball an Bord

Als ich Giovanina zu dem Comte führte und ihm berichtete, dass dieses junge Mädchen mir eingestanden habe, vor einiger Zeit ihre Jungfräulichkeit verloren zu haben, schien er sehr verärgert und enttäuscht zu sein. Da er aber ein sehr merkwürdiger Zeitgenosse war, sagte er zu mir: „Obgleich dies für mich schlimm ist, kann es Sie nur freuen! Sie können sie behalten! Amüsieren Sie sich mit dem jungen Mädchen, solange Sie Lust haben. Ich will nämlich einen Plan verwirklichen, den ich gefasst habe und, wie ich hoffe, erfolgreich ausführen."

Ich konnte im Augenblick nicht mehr darüber erfahren und wünschte nur, dieses Mädchen für mich zu haben. Deshalb kaufte ich ihr einige Toilettenartikel und kleidete sie auf meine Kosten ein. Als sie von Kopf bis Fuß neu eingekleidet war, sah sie sehr schön aus. Ja, sie war so bezaubernd, dass ich einen Augenblick befürchtete, dass mein Chef, der Comte, seine Meinung ändern und mir sie wieder abnehmen würde.

Gott sei Dank war dies nicht der Fall und ich konnte mich meiner Eroberung ruhig erfreuen. Der Comte riet mir jedoch, solange als möglich die Anwesenheit Giovaninas an Bord zu verbergen.

Mit Ausnahme von zwei oder drei Personen, die er ins Vertrauen gezogen hatte, hatte keiner von Lord Seacombs Gästen und nicht einmal seine Lordschaft selbst die leiseste Ahnung.

Wir lichteten den Anker. Am folgenden Abend bei schönem Wetter und ruhiger See fand in Sichtweite der italienischen Küste gegenüber Civita Vecchia der Maskenball statt. Alle Damen hatten unter größter Geheimhaltung ihre Vorbereitungen für den Ball getroffen. Nichts von ihren Plänen war bekannt geworden und mit Recht konnten wir einige nette Überraschungen erwarten.

Der Comte hatte mir seinen Plan offenbart und mich beauftragt, die kleine Giovanina dieses Kostüm tragen zu lassen, das in seinem Auftrag angefertigt wurde. Ich ließ nichts unversucht, um ihm dies auszureden, denn dieses kleine Mädchen war mir sehr lieb geworden. Als ich ihr erklärte, ich würde ihre Unterstützung benötigen, damit der Plan des Comte ausgeführt werden könnte, willigte sie ein, alles zu machen, was er verlangte.

Der große Salon war prächtig mit tropischen Pflanzen, Blumengirlanden und Lampions geschmückt worden. Der Anblick war sehr hübsch.

Ich will mich nicht in bedeutungslose Details ergehen. Es soll genügen, wenn ich erwähne, dass die Herren in Abendgarderobe sich an einem Ende des Salons versammelten. Mir wurde der Auftrag erteilt, die kostümierten Damen hineinzuführen, während das elektrische Orchestrion zu spielen begann, das Lord Reginald in weiser Voraussicht besorgt hatte.

Er musste nur auf einen Knopf drücken und das prächtige Gerät, das 72 Instrumente eines großen Orchesters wiedergeben konnte, begann zur Einführung ein Potpourri aus „Cavalliera Rusticana" zu spielen.

Dies entbehrte nicht eines gewissen Lokalkolorites, denn wir befanden uns gegenüber der Küste, wo Maestro Mascagni das Licht der Welt erblickt hatte.

Liane de Vibrecoeur - Adel verpflichtet - trat als Erste ein. Sie hatte eine mythologische Verkleidung gewählt. Sie hatte sich nämlich als Ceres, der Erntegöttin, verkleidet. Dieses Kostüm war ihr wie auf den Leib geschnitten. Sie trug ein sehr dünnes Überkleid aus Naturseide, das kunstvoll in Falten gelegt war und an der Taille mit einem Gürtel aus wildem Mohn gehalten wurde. Ihre gut entwickelten Brüste, die so köstlich wie reife Früchte waren, ragten aus dem Kleid hervor, das an den Schultern mit einem Büschel goldener Ähren befestigt war. Ihre blonden Haare waren mit Kornblumen und Mohn geschmückt. Ihre schlanken, aber muskulösen Beine, die noch zu sehen waren, wurden von fleischfarbenen Strümpfen eingehüllt.

Mit Applaus wurde Liane de Vibrecoeur begrüßt, die neben dem Lord Platz nahm. Ich tat meine Pflicht und führte die zweite Sirene in ihrem Kostüm herein.

Dies war Renée Douglars, die den ganzen Glanz ihrer Schönheit zeigte. Da sie bescheiden war und einen geistvollen Beitrag zu dem allgemeinen Vergnügen leisten wollte, erschien sie in der Kleidung einer Modedame aus der Zeit des Direktoriums. Jedes Detail war echt. Ihr hübsches, kleines Gesicht war unverändert geblieben und in ihrem Kostüm kamen all die Vorzüge zur Geltung, mit der die Natur sie ausgestattet hatte.

Sie war stolz auf die Schönheit ihrer Brüste, die steif in ihrem übermäßig kurz geschneiderten Mieder hervorstanden. Gemäß dem Modetrend dieser Zeit konnte man das weiße Fleisch ihrer kräftigen Oberschenkel an den Seiten ihres Kleides sehen, das von der Hüfte bis zu den Knöcheln geschlitzt war. Vorsorglich trug sie Strümpfe und war ganz in schwarzem Atlas gekleidet, der mit roten Bändern und weißen Schnüren verziert war. Sie hatte einen guten Geschmack und wusste, wie man die körperlichen Vorzüge gut zur Geltung brachte. Ihre elfenbeinfarbene und samtweiche Haut stand in einem schönen Kontrast zu ihrer schwarzen Kleidung. Sie sah sehr verführerisch aus. Trotzdem verstand sie sich nicht auf die Kunst, Männer zu betören und zu verführen. Obgleich sie sehr begehrenswert war, hatte sie nicht denselben Erfolg wie ihre Mitbewerberin Liane de Vibrecoeur. Doch Renée war eine hübsche Person.

Ihre Freundin Micheline, die unmittelbar hinter ihr eintreten wollte, versuchte die Rolle der kecken Schönheit zu spielen, obgleich sie linkisch und naiv war. Sie hatte sich so wie Diana verkleidet, als sie ins Bad ging. In dieser Nacht beschäftigten wir uns nur mit der Mythologie!

Wie ich schon erwähnt hatte, war sie erst 18 Jahre alt. Sie wusste, dass sie in einer solchen Versammlung von Schönheiten ganz aus sich herausgehen musste. Deshalb hatte sie ein sehr einfaches Kostüm angezogen. Ihre gut geformten Beine, die sie nicht mit Strümpfen bedeckt hatte, konnten von allen Anwesenden bewundert werden. Dieses frühreife Mädchen traute sich Einiges zu, denn sie verstand es, die Aufmerksamkeit auf die gut geformten und fleischigen Oberschenkel zu lenken, die dazu bestimmt waren, die Sinne der Männer zu erregen.

Absichtlich hatte sie ihre mädchenhaften Brüste entblößt gelassen, die bereits prächtig entwickelt waren und vor Erregung wippten. Steif und fest standen sie hervor, gleichsam als ob sie gestreichelt werden wollten. Sie zeigte auch noch den oberen Teil ihres jungfräulichen Bauches zwischen den halb geöffneten Falten ihres lose herabhängenden, kurzen, einfachen Kleides aus Musselin, dessen einzige Verzierung ein goldfarbener Gürtel war.

Ihr Haar war mit einem unechten Diamanten verziert. Das naive Mädchen bemerkte kaum, welche Gefühle sie weckte und unfreiwillig erntete sie großen Beifall, indem sie ängstlich einen kleinen Teil ihrer Anatomie zur Schau stellte, konnte sie unbeabsichtigt dieses Talent ausbilden, das einen Striptease so unendlich reizvoll machte. Ihre einzige Belohnung waren bisher leidenschaftliche Umarmungen ihrer Liebhaber, die aber nur rein platonisch blieben. Ich glaubte, von ihren Augen ablesen zu können, dass der entscheidende Moment gekommen war. Kurzum, die kleine Micheline Darcourt war einfach himmlisch.

Cléo Montauciel hatte sich ein Kostüm ausgewählt, das gut zu ihrem Charakter passte. Sie hatte sich nämlich als Satan verkleidet und trug ein eng anliegendes, schwarzes Kleid aus Seide, das mit zahllosen silbernen Sternen geschmückt war. Auf diese Weise waren die Umrisse ihrer atemberaubenden Figur deutlich zu erkennen. Durch eine raffinierte Art von Koketterie vermied sie es sorgfältig, auch nur ein Stück nacktes Fleisch zu zeigen. Nichtsdestoweniger sah sie wie eine Hexe aus, die lüstern ihre Hüften bewegte. Sie hatte mäßigen Erfolg.

Esther Hazy, die als Nächste kam, hatte kein Talent, einen großen Eindruck zu machen. Sie trat als Nymphe auf. Doch dieses Kostüm passte nicht im Entferntesten zu ihrem lebhaften und lustigen Wesen. Offensichtlich liebte sie es, die Sinne zu erregen, aber ihr Erfolg war nur mittelmäßig. Sie machte einen guten Eindruck. Ihr Kostüm war prächtig, aber es war nicht außergewöhnlich.

Nun kam Stella Carina an die Reihe. Mit großem Geschmack hatte sie sich ein Kostüm ausgesucht, das zwar nicht besonders originell war, aber dennoch als gut ausgewählt gelten konnte und schön geschneidert war. Sie erschien als Blumenmädchen.

Auf ihrem schmalen Kopf trug sie keck einen Strohhut, der mit Weintrauben und wild wachsenden Blumen verziert war. Sie trug ein rosafarbenes Mieder aus Samt, das freizügig ausgeschnitten war, sodass die rosaroten Brustwarzen sichtbar waren, die wie reife Erdbeeren aussahen. Die sehr kurzen Ärmel gaben einen Blick auf ihre fleischigen, runden und verführerischen Arme frei, die von sehr schlanken Handgelenken und sehr feinen, weichen und weißen Händen begrenzt wurden. Ein sehr kurzes Kleid entblößte die gut geformten Beine bis zu den Knien und sogar noch höher bis zu den Oberschenkeln. Sie waren in eng anliegende blaue Seidenstrümpfe gehüllt, die faltenlos von blauen Strumpfbändern aus Seide, welche mit Muscheln und künstlichen Veilchen verziert waren, gehalten wurden.

Ihre Waden verdienten es geküsst zu werden und ihre Füße - wahre Edelsteine - steckten in zierlichen, pfirsichfarbenen Schuhen. Alles in allem, Stella Carina war ein Schatz von Anmut, erregender Schönheit und versprach viele Genüsse.

Nach meiner Meinung war sie die hübscheste Frau, die wir bisher gesehen hatten: Wegen ihres eleganten Kostüms und ihrer unbeschreiblichen Anmut verdiente sie den Preis.

Blanche de Noirmont, die große Schauspielerin, hatte ein Kostüm aus ihrer Theatergarderobe angezogen. Sie erschien als Walküre und dachte gar nicht daran, vor den Augen der Sterblichen die Reize zu verbergen, welche sie von den Göttern erhalten hatte. Aber es fehlte ihr jede Energie und trotz ihres Panzers trat sie nicht herrisch genug auf. Deshalb konnte sie nicht die einmütige Zustimmung der Jury erhalten, obwohl ihr Kostüm seine Wirkung nicht verfehlte.

Es blieb nur noch Odette Myosotis übrig. Da sie sich ihres Erfolges bewusst war, trat sie würdevoll ein. Sie hatte sich als Juno, der höchsten römischen Göttin, verkleidet und ihr üppiges Haar war rot gefärbt. Ihr entblößter Nacken und Hals, ihre Hüften und wippenden Brüste hoben sich aus einer Masse von rosaroter Gaze und weißen Bändern hervor, ihre Beine waren entblößt. Sie war hinreißend und betörend. Ihre bildhübschen Reize, die man mehr ahnen als hinter den wallenden Stoffmassen sehen konnte, mussten in den Herzen der Männer die Begierden wecken.

Es erhob sich bei ihrem Eintritt ein lang andauerndes Raunen, das höchste Bewunderung verriet. Die anderen Frauen bissen aus gehässiger Eifersucht ihre karminroten Lippen zusammen.

Sie war sich ihres Triumphes sicher. Odette verbeugte sich freundlich vor der Jury und setzte sich dann neben ihren Liebhaber. Man wollte gerade entscheiden, wem der Preis des Lord Seacombe zugesprochen werden sollte, als sich plötzlich der Comte von seinem Platz erhob.

„Messieurs, ich bitte Sie um Verzeihung!“, sagte er. „Sie haben Ihre Bewerberinnen vorgestellt! Erlauben Sie mir, dass ich Ihnen die meinige vorstelle!“

Alle sahen sich mit größtem Erstaunen an. Der Comte gab mir ein Zeichen und ich ging an die Tür. Aber bevor ich den Saal verließ, verbeugte ich mich vor der Jury und kündigte ganz schlicht an: „Venus erhebt sich aus dem Meer!“

Ich holte Giovanina. Der Comte hatte eine große künstliche Muschel herstellen lassen, die auf verborgenen Rädern bewegt werden konnte. Draußen im Gang stieg das junge Mädchen in die große Meermuschel, die ich in den Salon hinein fuhr.

Sie war völlig nackt und nur von ihren langen blonden Haaren bedeckt. Ein keusches Lächeln war auf ihren Lippen zu sehen. Sie wusste überhaupt nicht, welche Wirkung sie auf die Jury ausübte.

Obgleich sie schamhaft ihre Oberschenkel zusammenpresste, konnte man doch einige Haare ihres Vlieses sehen, das die Liebesgrotte umschattete.

Ihre gut geformten Beine mit ihren muskulösen Waden und ihrer hübschen Haut bildeten einen wunderbaren Kontrast zu dem dunklen Hintergrund. Ihre mädchenhaften Brüste, die vor Erregung bebten, ragten hart und fest hervor.

Man konnte sich des Eindrucks nicht erwehren, dass sie nach einer kühnen Hand verlangten. Ihre zitternden Lippen schienen gleichsam nach Küssen zu schmachten. Sie glänzte und war so hübsch wie ein Stern, der vom Paradies heruntergefallen ist.

Durch das einstimmige Votum der Jury wurde ihr ohne Beratung der Preis zugesprochen. Lord Seacombe nahm die schöne Giovanina in seine Arme und küsste sie mit einer größeren Leidenschaft als ich. Sie wurde der Reihe nach herumgereicht und von allen Männern geküsst und mit Liebkosungen überhäuft, bis sie schließlich wieder

neben mir saß. Sie weinte, war furchtbar aufgeregt und so rot wie eine Jungfrau, die gerade aus dem Kloster kam.

Bei den Damen herrschte Entrüstung. Sie betrachteten sie als Rivalin. Es folgte eine heftige Diskussion. Der Comte nahm mich zur Seite und bat mich, Giovanina zurück in ihre Kabine zu bringen.

Ich konnte mir nichts Besseres wünschen, denn ich wurde eifersüchtig. Deshalb führte ich meine italienische Schönheit in meine Kabine. Ich bat sie, dort zu bleiben, während ich zu dem Maskenball zurückging.

Das Orchestrion spielte den Walzer „Blaue Donau" von Strauss, zu dessen Takten man munter tanzte. Der Champagner floss in Strömen und in kurzer Zeit erreichte die allgemeine Freude ihren Höhepunkt.

Diene de Vibrecoeur, Cléo Montauciel und Stella Carina, die bereits ein wenig beschwipst waren, tanzten mit wirbelnden Bewegungen und mit hochgeworfenen Beinen einen unzüchtigen Cancan, der jeder Beschreibung spottete. Blanche de Noirmont und Esther Hazy, die unter Einfluss einiger Gläser des perlenden Getränkes ihr ausgelassenes Treiben nachahmten, gaben jegliche Zurückhaltung auf und machten unschickliche Scherze, unzüchtige Anspielungen und obszöne Possen.

Odette Myosotis, die nicht abseits stehen wollte, warf sich jedem in die Arme, der gern einmal in ihr warmes und parfümiertes Mieder greifen wollte oder Spaß daran fand, die Geheimnisse ihres Geschlechtes zu erkunden. Sie hatte jede Hemmungen fallengelassen. Da sie nur ein sehr kurzes Kleid trug, entblößte sie ihre Taille und Beine. Sie wälzte sich auf einem Diwan hin und her, indem sie durch alle Arten von Späßen ihre beiden Nachbarn in Erregung versetzte. Schließlich war ihnen durch ihre rote Zunge und den lüsternen Blicken ihrer hübschen Augen das Blut so sehr ins Wallen geraten, dass sie Odette in ihre Arme nahmen.

Die hübsche Bacchantin stieß sie zurück, indem sie hysterisch lachte. Die beiden Lüstlinge, deren Blut in ihren Adern kochte, stritten sich um den Besitz ihres vor Erregung zitternden Körpers. Schließlich gab einer der Herren nach. Der andere warf sich auf seine Beute und durch eine heftige Bewegung spreizte er ihre Beine auseinander. Dabei zerriss er ihre seidene Unterhose, damit sein steifes Glied, das er aus seiner Hose gezogen hatte, freie Bahn hatte. Odette lachte wie eine Verrückte. Sie stieß leise Schreie aus, gleichsam als ob sie sich fürchten würde und wegen der Zuschauer leistete sie hartnäckigen Widerstand, der nur noch die Leidenschaft ihres Partners vergrößerte.

Schließlich gab sie klein bei und dann fand auf dem Diwan eine Liebesschlacht statt. Auf dem Höhepunkt folgten unartikulierte Schreie, Bisse, wollüstige Umklammerungen und inbrünstige Liebkosungen, bis sich die Schleusen der Natur öffneten und sich beide vor Wollust krümmten. Alle Zuschauer beobachteten diese Szene mit großem Interesse. Jeder Mann nahm sich eine Frau aufs Knie und die leidenschaftlichsten Liebkosungen wurden ausgetauscht. Brüste, die man entblößt hatte, ragten weiß und fest hervor. Ihre Warzen waren vor Erregung steif. Diese entblößten Äpfel boten sich den kühnen Liebkosungen, Küssen und wollüstigen Umarmungen der Männer dar. Unerwähnt bleiben die unersättlichen und leidenschaftlichen Küsse und Bewegungen der lüsternen Hände, welche die abgelegenen Stellen und Spalten des weiblichen Körpers erforschten. Man kann sich diese Szenen nicht vorstellen und es ist völlig unmöglich, sie zu beschreiben.

Teilnahmslos sahen der Comte und ich zu. Meinem Chef, der wie üblich phlegmatisch und kalt war, schien es größere Freude zu machen, diese üppige Szene zu betrachten, als eine aktive Rolle auf dem Schlachtfeld der Venus zu spielen. Was mich betraf, so war ich, wie man sich denken kann, sehr erregt, aber ich durfte mir davon nichts anmerken lassen.

Natürlich hätte ich lieber in einem Meer von Wollust geschwommen, indem ich mich auf einem Sofa hin und her gewälzt und in den Armen meiner Giovanina die göttliche Wollust gekostet hätte. Doch ich konnte mich ohne Erlaubnis meines Meisters nicht zurückziehen.

In einer verborgenen Ecke suchte der Comte Popolsky Trost wegen der Untreue seiner Geliebten Odette, indem er rücksichtslos mit der Hand über alle Reize der schönen Liane de Vibrecoeur fuhr. Ungeachtet dessen, das die große, behaarte Hand des Polen sich in dem dunklen Pfad zwischen ihren Pobacken verloren hatte, waren ihre spitzen Finger in seine Hose eingedrungen und durch geschickte Berührungen rief sie ein angenehmes Gefühl bei ihrem hübschen Angreifer hervor.

Cléo Montauciel hatte sich der Aufgabe unterzogen, den Chefmaat zu verführen, dem diese neckischen Spiele dieser lüsternen Frau sehr gefielen. Sie kniete vor ihm nieder und bearbeitete sein Glied. Cleo war über dessen Ausmaß so sehr entzückt, dass sie es küssen musste. Doch sie hatte zuviel Champagner getrunken, sodass es im Mund dieser wollüstigen Kokotte verschwand.

Stella Carina lag keuchend in den Armen des Lord Reginald - das ist nicht verwunderlich, denn sie hatte eine sehr seltsame Stellung eingenommen. Sie saß rittlings auf seinen Knien. Ich konnte bemerken, dass der edle Lord seine Dulcinea in dieser Stellung bearbeitete.

Obgleich diese Stellung sehr viel Einfallsreichtum bezeugte, war sie vielleicht doch sehr ermüdend. Ohne Zweifel empfand sie dabei eine köstliche Freude, wie man aus ihren Lustschreien und den immer schneller werdenden Bewegungen folgern konnte.

Ich beobachtete alle Phasen dieser Liebesschlacht, bis dass der Höhepunkt sich allzu stürmisch ankündigte. Denn der Stuhl, auf dem die beiden saßen, fiel auf den Boden hin. Das zügellose Paar stieß vor Wollust, die leider nur halb befriedigt war, Schreie aus.

Einer von den Freunden des Lords kümmerte sich um die verführerische Renée Douglars, während ein großer, hübscher Gast sich in der Ecke mit der kleinen Micheline Darcourt amüsierte, indem er ihre duftenden Achselhöhlen kitzelte und ihren Rücken streichelte, gleichsam als ob er sie in einen Wollustrausch versetzen und ihre sehr starken Begierden, falls dies möglich war, noch weiter steigern wollte. Die beiden Mädchen, die von dem Champagner berauscht waren, gerieten durch die erregenden und lüsternen Liebkosungen, denen sie sich ganz hingaben, in Entzücken und wanden sich vor Wollust hin und her.

Ihre Begierden waren ins Uferlose gesteigert und sie waren bereit, ihre Zurückhaltung aufzugeben und ihre Jungfräulichkeit auf dem Altar der Venus zu opfern. Aber die beiden Herren schienen es nicht so eilig zu haben. Es bereitete ihnen ein größeres Vergnügen und Freude, die Begierden der Mädchen bis zur Raserei zu steigern.

Sie zwangen sie, ihren freien Willen aufzugeben und sich ihnen ganz hinzugeben. Ich hatte den Eindruck, dass diese Herren die Mädchen nur in diesen Zustand versetzen wollten, um sodann von ihnen abzulassen, ohne dass sie ihre maßlosen Begierden befriedigt hatten, die sie bei den armen Mädchen erregt hatten.

Ich widmete meine ganze Aufmerksamkeit diesen beiden Paaren. Der Partner von Renée Douglars, der kühner und beherzter als sein Freund war, hob den Unterrock seiner entzückenden Gespielin hoch und küsste ihn zärtlich. Sodann löste er die Haken, die an der Schulter ihres kurz geschnittenen Mieders festhielten. Dieses lüsterne Mädchen entblößte nun seine hübschen, verführerischen Brüste völlig, indem sie sich ganz den zärtlichen Liebkosungen ihres Liebhabers hingab. Er drückte zärtlich diese festen Äpfel und küsste ihre rosaroten Warzen. Ohne Zweifel gefiel ihr das. Er hatte sich schon halb ausgezogen und sein krampfartig zuckendes Membrum in die Hand von Renée gelegt. Das hübsche Mädchen gab Acht, dass es nicht aus der Hand glitt. Sie stieß kaum hörbare Laute aus: „Nein! Nein! Das will ich nicht!" Dann wieder lachte sie, als sie von dem Mann gekitzelt wurde.

Micheline, die nur das schmucklose Gewand der Diana trug, gab sich völlig den Liebkosungen ihres Partners hin. Doch ich konnte sehen, dass sie sich den Berührungen ihres Liebhabers widersetzte, der mit seiner Hand unter ihr Kleid fuhr und sich bemühte, ihre Waden und Oberschenkel zu befingern, um so schnell wie möglich ihre Liebesgrotte zu erreichen. Das charmante Mädchen presste ihre Oberschenkel fest zusammen, sodass er sein Ziel nicht erreichen konnte.

Mit Sicherheit wusste ich, dass ihr Widerstand echt war und sie sich ihm nicht hingeben wollte. Trotz ihrer Erregung und Lüsternheit musste sie im letzten Moment Angst bekommen haben. Ähnlich wie sein Freund zog der junge Mann seine Hosen aus und wollte in die Liebesgrotte von Micheline eindringen. Doch sie versuchte zurückzuweichen und in ihren Augen glaubte ich Angst zu erkennen.

Der Anblick seines Gliedes brachte sie zur Realität zurück. Doch sie leistete ihrem Liebhaber keinen Widerstand, als er gierig an ihren Brustwarzen saugte, ihre Ohren und Augenlider küsste und ihre

Lippen und ihren Hals leckte. Seine lüsterne Zunge drang in ihren Mund ein und überall dorthin, wo es ihm möglich war. Sie presste immer noch ihre Oberschenkel zusammen und ihre knirschenden Zähne drückten ihren stummen Protest aus. Sie leistete standhaft ihrem Angreifer Widerstand, indem sie ihm energisch und entschlossen den Weg zum Paradies versperrte.

Diese Szene wurde nun interessant. Neben dem Salon war eine kleine Kabine, die als Rauchsalon diente und wo sich im Augenblick niemand befand.

Um uns herum lachten die Gäste, schrien und gaben sich wüsten Ausschweifungen hin. Die Szene hat sich in eine regelrechte Orgie verwandelt. Lord Reginald hat mich gebeten, mich um das Orchestrion zu kümmern. Ich unterzog mich dieser Aufgabe mit großem Eifer, sodass dank meiner Bemühungen pausenlos laute Musik dröhnte. Währenddessen gingen die Mädchen von einem Mann zum anderen. Die ganze Gesellschaft war von dem Champagner betrunken und sehr erregt. Meine ganze Aufmerksamkeit schenkte ich den beiden Jungfrauen.

Renée, die wahnsinnig vor Lust war und vor Wollust zitterte, hatte es sich auf einem Diwan hinter einem blühenden Strauch bequem gemacht. Sie lag auf dem Rücken und war völlig nackt. Indem sie ihre Oberschenkel schamlos spreizte, wartete sie mit Ungeduld auf die letzte Attacke ihres Kavaliers, die sie zu einer Frau machte. Aber ihr Liebhaber, der zu sehr erregt oder betrunken war, beugte sich über sie und war unfähig, den Weg zu finden. Renée versuchte, ihn leidenschaftlich an sich zu ziehen. Er murmelte einige unverständliche Worte, stolperte und machte einen neuen Versuch. Aber er hatte keinen Erfolg. Dreimal berührte sein Glied die Liebesgrotte von Renée, ohne dass es eindringen konnte. Sie stieß heftige Schreie aus. Aber ihr Partner hatte keinen Erfolg und völlig erschöpft legte er sich auf den Teppich hin.

Renée, die durch den Champagner und die unbefriedigte Lust fast den Verstand verloren hatte, blieb bewegungslos stehen. Sie spreizte ihre Oberschenkel und verschaffte sich mit ihren eigenen Fingern Erleichterung, die ihr der betrunkene Mann mit seinem Glied nicht verschaffen konnte.

In diesem Augenblick waren meine Blicke anderswohin gerichtet. Der Widerstand, den die kleine Micheline ihrem Liebhaber entgegensetzte, erregte noch mehr seine Begierden und machte ihn beinahe wahnsinnig.

Stark und kräftig wie er war, legte er mit einer plötzlichen Bewegung die Arme um das junge Mädchen, das so überrascht und erstaunt war, dass es gar nicht begriff, was mit ihr gemacht wurde. In einer kürzeren Zeit, als ich berichten kann, trug er sein Opfer in den kleinen Rauchsalon. Rasch verschloss er die Tür und schob den Riegel davor.

Ein kleines Glasfenster, das sich an der einen Seite des Orchestrions befand und dessen Scheiben teilweise durch das Instrument verdeckt waren, erlaubten einen Blick in den kleinen Raum, wo der junge Mann soeben seine Kleine hineingetragen hatte.

Von meinem Platz aus konnte ich gut beobachten, was drinnen passierte. Da niemand das Verschwinden dieses Paares beobachtet oder ihm keine Bedeutung beigemessen hatte, konnte ich bequem und ohne die kleinste Störung befürchten zu müssen, von Anfang an alles genau beobachten.

Der junge Satyr warf wie von Sinnen Micheline auf einen Diwan, wo er sie mit Liebkosungen und einer wahren Flut von Küssen bedeckte.

Ich konnte erkennen, dass er zu ihr sprach und sie ihm antwortete. Unterwürfig musste er sie gebeten haben, ihm sich hinzugeben. Doch auf Grund ihrer weisenden Bewegungen glaubte ich zu erkennen, dass sie nicht bereit war, ihm den Juwel ihrer Jungfräulichkeit zu opfern. Bei diesem Liebeskampf rutschten dem jungen Mann die Hosen herunter. Mit einem Fußtritt entledigte er sich dieser Kleidungsstücke. Ob beabsichtigt oder nicht, er trug plötzlich keine Hosen mehr und stand im Hemd da.

Während des Liebeskampfes hatte auch die hübsche Micheline den größten Teil ihrer Kleidung verloren, denn ihr Liebhaber hatte ihr in einer wahren Raserei allmählich das knappe Kostüm der Diana ausgezogen. Trotz ihrer Einwände war sie jetzt völlig nackt. Ihre schönen Haare hingen lose über ihre seidenweichen Schultern herunter, sodass ihre elfenfarbene Haut noch mehr zur Geltung kam.

Er ließ nichts unversucht, um sie durch Worte und Gesten zu überreden. Aber je mehr er sprach, desto mehr leistete sie Widerstand. Vergeblich versuchte er, ihre Oberschenkel zu spreizen, die sie fest zusammenpresste. Da ich diese lüsterne Szene weiter beobachten wollte, stellte ich das Orchestrion an, das die Ouvertüre „il Trovatore“ aus Wagners Walküre spielte. Auf diese Weise verhinderte ich, dass auch nur ein Geräusch nach außen drang.

Er nahm Micheline in seine starken Arme und küsste wie verrückt ihren ganzen Körper. Währenddessen verkrampfte sie ihren Körper so sehr, dass ihre Brust stolz nach vorne ragte. Die roten Brustwarzen waren durch die Küsse angeschwollen und erhoben sich siegreich, gleichsam als ob sie noch mehr Liebkosungen und Berührungen der vor Wollust glühenden Lippen und Zunge verlangten. Aber der junge Mann, der atemlos und fast wahnsinnig war, wünschte mehr als dieses Liebesspiel. Er konnte sich nicht länger zurückhalten.

Micheline, die augenscheinlich erschöpft war, hatte keine Kraft mehr, ihm Widerstand zu leisten und war völlig erschöpft. Ich sah nun, wie sie nachgab und kapitulierte. Er lag nun auf ihr und zwischen ihren Schenkeln. Sodann begann er den Angriff auf die Zitadelle. Auf Grund der wilden und heftigen Bewegungen konnte ich erkennen, dass die Barriere ihrer Jungfräulichkeit durchbrochen war. Der junge Mann scheute jetzt keine Mühen mehr, um sein Ziel zu erreichen.

Micheline war nun keine Jungfrau mehr! Der Lärm dieses Liebeskampfes übertönte sogar den Klang des Orchestrion. Alle eilten zu dem Rauchsalon hin. Aber man zog sich zurück, als man ihn verschlossen vorfand.

„Lasst sie allein!“, flüsterte ich mit einem bedeutungsvollen Augenzwinkern. „Sie lieben sich zu sehr, um gestört zu werden!“

Kapitel 5

Ein Jeder der Reihe nach

Ich kann nicht sagen, wie der Ball endete, denn ich hatte mich zurückgezogen und die Herren ihren Vergnügungen überlassen. Meine Leser werden verstehen, wie ich vermute, dass all diese lüsternen Episoden sehr dazu beigetragen haben, in mir meine Begierden und meine Lust zu wecken. Ich hoffte, dass ich mir gehörig Linderung bei meinem kleinen Liebling Giovanina verschaffen konnte.

Frei von jeder Furcht ging ich zu ihrer Kabine oder besser zu der meinigen, denn dort hatte ich sie untergebracht, während ich woanders schlief.

Ich klopfte an die Tür, aber ich erhielt keine Antwort. Als ich erneut anklopfte, antwortete meine kleine Venus in ihrem Dialekt, halb französisch, halb italienisch: „Monsieur, warten Sie einen Moment! Ein paar Minuten nur und ich werde die Tür öffnen!“

Weshalb öffnete sie nicht sogleich? Ich stellte mir gerade diese Frage, als ich wiederum ihre Stimme hörte. Diesmal war sie deutlich zu hören: „Alles in Ordnung! Kommen Sie herein! Aber erst in einer Minute! Ich bitte Sie darum!“

Zugleich hörte ich, wie der Riegel zurückgeschoben wurde. Trotz meiner Ungeduld wartete ich noch zwei Minuten. Dann öffnete ich die Tür und schritt kühn hinein.

Ich habe bereits erwähnt, dass ich für Giovanina, nachdem der Comte sie mir überlassen hatte, Kleidung und Unterwäsche gekauft hatte. Man kann sich mein Erstaunen vorstellen, als ich Giovanina mit herabhängenden Haaren sah. Sie lag auf dem kleinen, niedrigen Diwan und war leicht bekleidet mit einem rosafarbenen Hauskleid aus Gaze, das mit rahmfarbenen Bändern und Schnüren verziert war. Da es halb offen und sehr kurz war, konnte man den oberen Teil eines Batisthemdes sehen, dessen Ränder mit himmelblauen Bändern und Schleifen verziert waren. Sie lag rücklings da und ließ ihre schmalen Füße, die in eleganten, weißen Pantoffeln aus Seide steckten, herabhängen und ihre hübschen Waden, die mit schwarzen Seidenstrümpfen bedeckt waren, konnte man ebenfalls sehen. Durch die feinen Maschen hindurch sah man die blassrote, verführerische Haut, die im Kontrast zu den lilienweißen Pantoffeln und dem roten Hauskleid stand. Ihre Haltung war sehr verführerisch. Das Bild, das ich vor mir sah, war so erregend, dass ich meine Lippen auf die des hübschen Mädchens drücken musste. Zur selben Zeit kniete ich vor dem Diwan nieder. Ich fing an, sie zu liebkosen und küsste ihre jugendlichen Brüste, die soviel Kraft und Schönheit ausstrahlten. Gierig verschlang ich ihren lüsternen Mund und ruhte mich auf ihren heißen und lüsternen Lippen aus. Unablässig fuhr ich mit meiner Hand unter ihr Kleid, die ihre eleganten Waden liebkosten. Als ich allmählich herabfuhr, bemerkte ich, dass Giovanina aus Koketterie ein Paar von meinen Socken angezogen hatte.

Ich kann nicht beurteilen, ob sie mein Erstaunen von meinen Augen abgelesen hatte. Aber von sich aus gestand sie mir ein, dass sie aus Neugierde durch das Schlüsselloch gesehen und die Ausschweifungen im Salon beobachtet habe. Da sie durch diesen Anblick sehr erregt worden sei, habe sie sich für mich eine Überraschung ausgedacht. Sie wüsste, dass ich bei diesen Ausschweifungen keine aktive Rolle gespielt hätte. In ihrer kindlichen Phantasie wollte sie unserem Tête-á-tête eine pikante Note verleihen. Denn sie wollte noch begehrenswerter und verführerischer aussehen. Deshalb zog sie meine Socken an. Sie passten ihr haargenau und ihre weiße Haut kam noch mehr zur Geltung.

Als sie mir dies erzählte, geriet ich immer mehr in Erregung und konnte mich nicht länger zurückhalten. Ich musste mit ihr schlafen!

In meinen Augen war sie noch verführerischer als alle Frauen, die ich bei dieser lüsternen Orgie gesehen hatte. Doch als ich Giovanina in meine Arme nehmen und ihr meine große Lüsternheit beweisen wollte, musste ich mein Vorhaben aufgeben. Aus einer unerklärlichen Laune heraus wollte sie mit mir nicht schlafen. Sie leistete Widerstand und erregte auf diese Weise noch mehr meine Begierden. Inbrünstig bat ich sie, indem ich sie in meine Arme drückte.

Aber leider ohne Erfolg! Sie widersetzte sich mir immer noch. Was war mit ihr los? Geschah es aus Laune oder einem anderen Gefühl? Vielleicht aus Lüsternheit? Ich kann es nicht entscheiden.

Ich wollte es trotzdem darauf ankommen lassen und rangelte mich mit ihr. Plötzlich sagte sie kurz und bündig zu mir, sie wolle mich nicht haben.

Da mich meine Kleidung behinderte, überließ ich sie einen Moment sich selbst und zog mich schnell aus. Ganz nackt, ohne irgendein Kleidungsstück, setzte ich meine Liebesattacke fort. Meine Begierden waren, solange ich lebte, noch niemals so groß wie damals gewesen.

Als ich meine Kleidung auszog, hatte sie genau meine Bewegungen verfolgt, gleichsam als ob sie mich noch mehr erregen wollte.

Mit einem unbeschreiblichen Lächeln auf den Lippen sagte sie leidenschaftlich und beinahe außer Atem, als ich mich ihr näherte: „Oh! Komm! Komm! Bitte! Gib Dein Bestes! Willst Du mich nicht haben? Willst Du Dich mit mir nicht vergnügen?"

Sie machte mich wahnsinnig und wie ein feuriger Hengst warf ich mich auf sie. Ihr halbgeöffnetes Hauskleid bot meinen leidenschaftlichen Küssen ihre köstlichen und verführerischen Brüste dar.

Durch ihr feines Batisthemd atmete ich in tiefen Zügen den betörenden Duft ihrer feuchten Haut ein, die unter dem Druck meiner gierigen Finger bebte.

Ich kann mich kaum erinnern, was ich in meiner Erregung tat. Bestimmt folgten einige sehr phantasievolle Handlungen meiner sehr großen Lüsternheit. Nach einem unbeschreiblichen Liebeskampf, bei dem wir uns auf dem Teppich hin und her wälzten, bezog ich meine Position zwischen ihren Oberschenkeln.

Sie wand sich unter mir wie eine Schlange hin und her. Infolge ihrer plötzlichen Sprünge konnte ich nicht den Weg finden. Doch schließlich erreichte ich mein Ziel. Sie kam zum Höhepunkt.

Durch die krampfartigen Zuckungen, die ihren Leib durchfuhren und der nachfolgenden Erschöpfung spreizte sie weit ihre Oberschenkel. Obgleich dieser Augenblick kurz war, so genügte er doch, um sie mit dem Liebesbalsam zu überschwemmen.

Gleichsam wie an dem Tag, wo sie ihre Jungfräulichkeit verlor, lag sie halbtot in meinen Armen. Sie hatte sich mir ein zweites Mal hingegeben. Weshalb verhielt sie sich so? War es Lasterhaftigkeit oder Liebeslust, die sie veranlasste, diese schöne Komödie zu spielen? Oder hat die Neugierde sie dazu getrieben, bisher unbekannte Gefühle auszuprobieren?

Es ist schwierig für mich, dies zu beantworten. Ich kann nur sagen, dass sie in dieser Nacht sehr lieb und verehrungswürdig war. Ich erlebte bei ihr einige Stunden, die ich niemals in meinem Leben vergessen werde.

Als ich nun sah, dass sie sich mir völlig hingegeben hatte, schenkte ich ihr all die Freuden, zu denen ich fähig war. Doch sie war unersättlich. Sie gab sich ohne Murren all meinen Launen hin. Ich machte es ihr in allen Stellungen. Je mehr wir es zusammen trieben, desto größer wurden ihre Begierden. Zu guter Letzt waren wir beide völlig erschöpft und ermüdet. Engumschlungen schliefen wir ein.

Kapitel 6

In Venedig um Mitternacht

Wir waren so sehr mit unseren Vergnügungen beschäftigt, dass wir gar nicht bemerkten, wie schnell die Zeit verging. Die Nénuphar hatte sich Venedig genähert. Lord Reginald gab Befehl in den Hafen einzulaufen. Er wusste nur allzu gut, dass sich seine bunt zusammengewürfelte Reisegesellschaft bald langweilen würde, wenn seine Gäste alltäglich immer dieselben Gesichter sehen würden. Es war ein wunderschöner Frühlingsabend. In Begleitung des Comte ging ich durch die sogenannte „Reiche Gasse" Venedigs, dann in eine jene dahinter gelegenen Gassen. Schließlich hielten wir, an einem Haus, dessen Tür verschlossen war und das überhaupt das Aussehen hatte, als ob es gänzlich unbewohnt sei.

Der Comte kannte offenbar das Haus. Mit seinem Stock gab er ein merkwürdiges Klopfzeichen. Sofort öffnete sich die Tür, und ein schönes Mädchen mit pechschwarzen Haaren begrüßte uns. Sie trug ein dünnes, sehr weit ausgeschnittenes Seidenkleid, sodass man fast den ganzen Busen sehen konnte. Mich faszinierte vor allem ihr wundervoll geformter Hals und Nacken, der sich harmonisch an ihre gerundeten Schultern und Arme anfügte. Unter ihrem kurzen Kleid, das noch nicht einmal ihre Oberschenkel zur Hälfte bedeckte, trug sie nur einen rosafarbenen Slip. Ihre Beine wurden von schwarzen, netzartigen Seidenstrümpfen bedeckt, die einen auffälligen Kontrast zu den roten Saffianstiefelchen mit ihren großen, goldenen Quasten bildeten. Bemerkenswert an der Kleidung des Mädchens waren noch die zwei kleinen Flügelchen mit Pfauenaugen.

Der Comte gab ihr ein gewisses Zeichen, worauf sie uns freundlichst bat, ins zweite Stockwerk des Hauses zu gehen. Dann huschte sie davon. Mir gefiel die Kleine so gut, dass ich ihr gern gefolgt wäre, um mich mit ihr zu amüsieren. Doch der Comte drängte mich, ihm zu folgen. Im zweiten Stockwerk traten wir in einen großen, schön möblierten Salon, wo ein gutes Dutzend reizender Mädchen und einige junge Männer an verschiedenen Tischen saßen. Sofort ging der Comte zu einer ihm bekannten Dame, küsste sie und bat mich,

ich solle mich nach Herzenslust amüsieren. Um meinen Chef bei seinem intimen Tête-á-tête nicht zu stören, setzte ich mich an einen leeren Tisch, der ziemlich abseits stand und ließ mir Wein und Austern reichen.

Nachdem ich in aller Ruhe die hübschen Damen dieses Etablissements betrachtet hatte, deren kurze Kleider ihre schönen Körper eher entblößten als verhüllten, zogen zwei Mädchen meine Aufmerksamkeit auf sich. Sie saßen auf einem Sofa, das abseits in einer von Vorhängen überschatteten Nische stand, und sprachen eifrig miteinander, ohne sich um die übrige Gesellschaft zu kümmern.

Die eine war eine dunkelhaarige Schönheit mit einem herrlichen Körperbau; ihr rabenschwarzes, schön gelocktes Haar bedeckte fast ihren wahrhaft, göttlichen Nacken. Die großen, schwarzen Feueraugen, deren Ausstrahlungskraft noch durch den auffallend blassen Teint verstärkt wurde, wurden von langen, seidenen Wimpern überschattet. Ihr gut entwickelter Busen, der nicht sehr fest war, zeigte unter dem dünnen Seidenkleid eine verführerische Frische. Oh, mein Gott, wie sehr erregte mich diese matte Weichheit ihrer Reize!

Lange weidete ich mich an dem Anblick des schönen Mädchens, um mich dann ihrer nicht minder hübschen Nachbarin zuzuwenden. Sie verdiente zu Recht den Namen einer üppigen Frau. Selbst einem alten Lebemann würde sein Herz schneller schlagen, wenn er dieses Geschöpf gesehen hätte! Sie hatte goldblondes Haar, eine hohe weiße Stirn, ein kleines Näschen, große blaue Augen, die fast immer halb geschlossen waren und ihr ein träumerisches, ja wollüstiges Aussehen verliehen und einen kleinen Mund mit rosaroten, aufgeworfenen Lippen, die geradezu zum Küssen einluden. Dieses liebreizende Geschöpf hatte herrliche Grübchen auf den Wangen, war vollbusig und besaß eine ungemein schmale Taille. Ihre Beine schlossen wahre Kinderfüßchen ab, deren eingehende Beschreibung eine vergebliche Mühe wäre!

Sie war mit einem oben weit ausgeschnittenen und unten sehr kurzen, rosafarbenen Kleid bekleidet, das ihre fleischigen Oberschenkel fast völlig sichtbar machte. Ihr reizendes Haupt war auf einem der vollen und elfenbeinfarbigen Arme gestützt, während sie die andere Hand heftig gestikulierend bewegte.

Die beiden Frauen unterhielten sich so angeregt, dass ihnen ihre Umgebung völlig gleichgültig war. Gelegentlich streichelten und liebkosten sie sich gegenseitig, wobei aus ihren Augen ein blitzendes Feuer zu leuchten schien. Plötzlich legte die blonde Schönheit ihre zarte, weiße Hand auf den Busen ihrer reizenden dunkelhaarigen Nachbarin und drückte ihn sanft, während sie ihre Wangen, Hals und Schultern mit einer Flut von leidenschaftlichen Küssen bedeckte.

Da bemerkte ich plötzlich, wie die eine Hand der Dunkelhaarigen sich unter dem Röckchen der Blondinen verlor; die beiden Frauen rückten näher aneinander. Die Blondine hob eines ihrer Beine etwas in die Höhe - offenbar um der Hand ihrer Freundin das Vordringen zu erleichtern - dann schlang sie es fest um ihre Beine. Immer heftiger wogten die Busen der beiden Schönen. Ihre Körper zuckten wollüstig, die Augen waren verschlossen und die Lippen vereinigten sich zu einem endlosen Kuss. Das Gespräch war verstummt.

Da erhob ich mich plötzlich, schlich leise heran und nachdem ich sie einige Sekunden lang betrachtet hatte, beugte ich mich nieder und drückte einen inbrünstigen Kuss auf die nackte Schulter der hübschen Blondine. Sie wandte sich rasch um, sah mich erstaunt an und sagte: „Oh! Signore! Was fällt Ihnen ein!“

Hierdurch wurde auch ihre Freundin aufmerksam; sie erhoben sich beide rasch vom Sofa, sodass ich Gelegenheit hatte, einen Blick unter ihre durch die heftige Bewegung verschobenen Kleider zu werfen. Mein Gott! In diesem Augenblick zog ihre Gefährtin gerade ihr glänzend feuchtes Fingerchen zwischen den fleischigen Oberschenkeln der Blondinen zurück.

Mit misstrauischen Blicken betrachteten mich beide. Sogleich entschuldigte ich mich für die Freiheiten, die ich mir herausgenommen hatte. Nachdem sie mich lange und scharf gemustert hatten, luden sie mich freundlich ein, mich doch zu ihnen zu setzen. Es kam zu einem ungezwungenen Gespräch, woraus ich entnahm, dass die beiden Frauen unglückliche Gattinnen zweier vielbeschäftigter Geschäftsleute sind, die häufig auf Reisen sind und die leidenschaftlichen Begierden ihrer Frauen nicht befriedigen können. Deshalb waren sie gezwungen, ihre geheimen Wünsche außerhalb des Ehebettes zu stillen.

Dieses freimütige Geständnis machte mich kühner und ich ergriff den vollen Arm der Blondinen, die Gina hieß. Meine Frage, ob ich ihn küssen dürfte, beantwortete sie lachend durch ein Kopfnicken, nachdem sie einen vielsagenden Blick ihrer Freundin Angela zugeworfen hatte.

Ich wechselte erneut meinen Platz und setze mich zwischen die beiden. Angela ergriff meine Hand und zog mich an sich. Da saß ich nun zwischen zwei bezaubernd hübschen Frauen, schlang meine Arme um ihre Taillen und drückte sie beide fest an mich.

Als Gina ihren Kopf auf meine Schultern senkte, küsste ich ihre Locken, die vorn über meine Brust herabwallten. Ein leidenschaftlicher Kuss, den mir Gina auf meine Wangen gab, verriet mir, dass die beiden Damen mir ihre Gunst schenken wollten und köstliche Stunden auf mich warteten.

Gina legte ihr Bein über meine Schenkel, ihre Hand löste die Knöpfe meines Hemdes und liebkoste meine Brust. Ich revanchierte mich, indem ich ihre Oberschenkel streichelte und mit meinen Fingern bis zu den seidigen Haaren am Eingang ihrer Liebesgrotte wanderte.

Mein Fingerspiel an ihrem Venusdreieck musste ihr sehr angenehm sein, denn sie streckte und dehnte sich wollüstig und bewegte ihren Körper meiner Hand entgegen. Als ich langsam mit meinen Fingern in ihre Liebesgrotte eindrang, durchfuhr ein Beben und Zucken ihren schönen Körper. Sie gab mir keine Antwort, ob ihr dies angenehm sei, sondern schloss die Augen und seufzte.

Angela musste offenbar schon Langeweile bekommen haben, denn ich spürte plötzlich ihre Hand an meinem Hosenschlitz. Mit einem verschmitzten Lächeln betastete sie mein Glied von außen und maß mit ihren Fingern seine Dimension ab. Im Nu hatte sie mein steifes Zepter aus der Hose geholt und streichelte, knetete und drückte seinen großen, gewaltigen Kopf.

Auch meine Finger waren zwischenzeitlich nicht untätig geblieben. Ununterbrochen bearbeiteten sie die Liebesgrotte Ginas, sodass sie ganz nahe dem höchsten Punkt der Wollust war. Ohne viel Mühe streifte ich ihr das Kleid herunter und bemächtigte mich der rosigen Warzen ihres prächtigen Busens. Sanft saugte ich sie und bedeckte

sie mit feurigen Küssen. Endlich stieß Gina einen langen Seufzer aus, warf sich hin und her und fiel dann ermattet in das Sofa zurück.

Ich konnte mich nun ganz den Freuden widmen, die mir Angelas samtweiche Hände bereiteten. Gleichsam als ob sie meine geheimen Wünsche ahnen würde, beugte sie sich nieder und nahm meinen Amor zwischen ihre weichen Lippen.

Ich gab ihr zu verstehen, dass ich mich bald dem Höhepunkt nähern würde, wenn sie dieses Spiel fortsetzen würde. Da ich bemerkte, dass meine schwarzhaarige Liebhaberin vor Begierde nach Stillung ihrer Sinneslust bebte und ein unbeschreiblich wollüstiges Feuer aus ihren Augen glühte, stand ich auf, zog mein Jackett aus, und streifte Angela ihr kurzes Kleid herunter.

Sie stand nur mit einem Höschen bekleidet vor mir. Dieser Anblick riss Gina aus ihrer Lethargie. Sie stand auf und drückte ihre fast nackte Freundin an sich. Abwechselnd knetete sie mit einer Hand die wabbelnden Brüste Angelas oder saugte daran. Die andere Hand steckte in ihrem Slip. Meine Erregung raubte mir fast den Verstand. Deshalb machte ich den Vorschlag, dass wir uns alle drei ganz nackt ausziehen.

Nach einem kurzen Intermezzo auf dem Sofa, wobei wir uns gegenseitig unsere Reize küssten, bat ich Gina sich allein rücklings hinzulegen. Es fehlen mir die Worte, um die maßlose Wollust zu beschreiben, als ich den samtweichen, üppigen und warmen Körper in meine Arme nahm und an mich drückte.

Ihre aufgerichteten Brustwarzen spürte ich an meiner Brust. Ich schlang meine Arme um ihre Hüfte und drang mit meinem Amor bei ihr ein. Langsam begannen wir uns auf und ab zu bewegen; kein

Laut kam über unsere Lippen, nur das wollüstige Atmen war zu hören. Unaufhörlich küssten wir uns. Unsere Erregung war zu groß, sodass wir beide nach ein paar Dutzend heftigen Stößen die höchste Glückseligkeit genossen.

Angela gönnte mir eine kleine Ruhepause, ehe ich auch bei ihr meine Männlichkeit unter Beweis stellen musste. Wir aßen eine Kleinigkeit und tranken mehrere Gläser Wein. Während ich mir eine Zigarre ansteckte, tuschelten die beiden Frauen miteinander; endlich nickten sie sich lachend zu, nachdem sie offenbar zu einem Beschluss gekommen waren. Angela kam auf mich zu und sagte: „Mein Schatz, wir wollen noch ein wenig warten! Ich möchte erst ein wenig tanzen!"

Ich willigte ein. Sogleich begann Angela im Zimmer herumzutanzen. Ich muss gestehen, dass ich nie reizendere Bewegungen sah, als wie sie die Tarantella tanzte; plötzlich kam sie auf mich zu und forderte mich auf, ein wenig Cancan zu tanzen. Gern tat ich ihr diesen Gefallen.

Gibt es überhaupt ein größeres Vergnügen, als mit einem solchen wunderbaren Geschöpf diesen wollüstigen Tanz aufzuführen, noch dazu im nackten Zustand! Die lüsternen Berührungen der nackten Schenkel, des Bauches und der Schamteile, die Umschlingung der nackten Arme, das sanfte Anschmiegen der weichen Brüste riefen bei uns beiden die süßesten Empfindungen hervor.

Nachdem ich schon ein wenig müde geworden war, setze ich mich wieder aufs Sofa, nahm Angela auf den Schoß und drang von hinten bei ihr ein. Gerade als unsere Liebesschlacht unter tiefen Seufzern und Lustschreien zu Ende gegangen ist, trat das Mädchen ein, das den Comte und mich in diesem Haus empfangen hatte.

Es war ebenfalls ganz nackt. Der Comte hatte sie geschickt, damit sie sich nach unseren Wünschen erkundigte. Als ich die Musik aus dem angrenzenden Tanzsaal hörte, schlug ich meinen Grazien vor, uns dorthin zu begeben. Mein Vorschlag wurde einstimmig angenommen.

Der Tanzsaal war oval, auf einer Seite wie ein Theater durch einen großen Vorhang abgegrenzt. Die Beleuchtung war prachtvoll und an den Wänden sah man erotische Gemälde von hinreißender Schönheit, zahllose Blumen, Spiegel und dergleichen. Ein feiner Duft zog durch den Saal, als läge man in einem großen Haufen von Veilchen. Die anwesende Gesellschaft war nur sehr spärlich bekleidet oder ganz nackt. Nach meiner Schätzung dürften sich gut zwei Dutzende Paare im Saal aufgehalten haben.

Als wir eintraten wurde gerade getanzt. Wir ließen uns deshalb auf einem der zahlreichen Sofas nieder, die sich rings im Saal an den Wänden befanden. Zu meiner großen Überraschung entdeckte ich unter den Gäste auch Passagiere der Nénuphar.

Liane de Vibrecoeur und ihre Freundin Cléo Montauciel tanzten mit Eifer und gaben sich den ausgelassensten Stellungen hin, während Stella Carina sich langsam und engumschlungen mit einem der hübschen jungen Männer auf dem Parkett bewegte.

Auf zwei abseits in einer dunklen Nische stehenden Diwanen entdeckte ich zwei Paare, die sich leidenschaftlichen Umarmungen hingaben. Einer der Akteure war der Kapitän der Nénuphar.

Der Tanz war beendet; die Paare promenierten Arm in Arm, schäkerten und setzen sich dann in allen nur möglichen Gruppen und Stellungen auf die Sofas und Diwane. Ich suchte meinen Chef, den Comte, und entdeckte ihn endlich in einer der Nischen, wie er eben eine junge, bildhübsche Venezianerin mit seinem Liebesgott bediente. Die vollbusige Brünette saß rittlings auf seinem Schoß, sodass sein Amor von hinten bei ihr eindrang.

Ich wollte ihm zuwinken, als die wilden Bewegungen seiner leidenschaftlichen Reiterin schwächer geworden waren; doch da wurde der Vorhang in die Höhe gezogen und meine ganze Aufmerksamkeit richtete sich auf die Bühne, deren Kulissen durch Spiegel ersetzt waren. Auf diese Weise wurden alle Personen und Gegenstände auf der Bühne mannigfach vervielfältigt. Nun kamen auf einmal drei Mädchen hervorgetanzt, die kurze durchsichtige Röcke trugen. So wurden ihre Reize nicht verborgen, sondern noch verführerischer gezeigt, gleichsam wie wenn sie ganz nackt wären.

Nachdem ihr Tanz einige Minuten gedauert hatte, tanzten drei ebenfalls sehr hübsche junge Männer auf die Bühne, die überhaupt keine Kleidung trugen. Es folgte nun ein Potpourri der wildesten Tänze, vom Cancan bis zu den zügellosesten Tänzen, die up to date waren. Das ganze Schauspiel endete in einer Massenorgie.

Während dieser Szene bin ich nicht untätig geblieben, sondern hatte mir noch einmal Gina vorgenommen. Als ich meine Blicke im ganzen Saal umherschweifen ließ, entdeckte ich nicht ein Paar, das sich nicht in den verschiedensten Stellungen vergnügte. Bald hatte ich aber genug von den Ausschweifungen mit meinen beiden Schönen und dem Anblick der lüsternen Szenen im Saal.

Deshalb war ich sehr froh, dass mir der Comte das Zeichen zum Aufbruch gab. Wir begaben uns zur Garderobe und kleideten uns an. Ein Taxi brachte uns ins Hotel Mafaldi, wo wir während unseres Aufenthaltes in Venedig Quartier bezogen hatten.

Kapitel 7

Die geheimen Vergnügungen der Signorinas

Als der Comte mich am anderen Morgen mit der Mitteilung überraschte, Lord Reginald habe beschlossen, noch ein oder zwei Tage in Venedig zu bleiben, bat ich meinen Chef um die Erlaubnis, noch ein paar alte Bekannte in Venedig besuchen zu dürfen. Lächelnd willigte der Comte ein.

Ich wollte noch einmal das süße Spiel der Liebe mit der schönen Blondine Angela genießen, die am Vorabend etwas zu kurz gekommen war. Eine Gondel brachte mich zu ihrem Haus am Canale Grande. Angela hatte mir genau beschrieben, wie man durch den Hintereingang über eine geheime Treppe in ihr Schlafzimmer gelangen konnte.

Angela lag noch in ihrem Bett. Als sie mich erblickte, lächelte sie schelmisch, reckte sich wollüstig und bat mich, an der Bettkante Platz zu nehmen.

Meine anfängliche Zurückhaltung verschwand völlig, als sie mir erzählte, ihr Gatte sei noch bis zum Ende der Woche auf einer Geschäftsreise.

Sofort legte ich die eine Hand um ihre zarte Taille, während ich mit der anderen ihren samtweichen Busen knetete und drückte. Sie lehnte ihr Haupt an meine Schulter und wiederholt küsste sie inbrünstig meine Wangen. Sodann legte sie ihr wundervoll geformtes Bein nachlässig über meinen Schoß.

Hierdurch verschob sich ihr hellblaues Hemdchen, sodass mir für einen Augenblick ihr Venusdreieck sichtbar wurde, das ich gestern so hart bearbeitet hatte. Es prickelte ihr das Blut in den Adern und ihre Augen leuchteten vor Wollust. Von ihrem Gesicht las ich ihr den Wunsch ab, doch endlich ihre sinnlichen Begierden zu stillen.

Aber ich wollte sie noch ein wenig warten lassen und ihre Erregung steigern. Deshalb fragte ich sie scheinheilig, ob sie denn in meinen Armen die gewünschte Befriedigung gefunden habe.

Schmollend warf sie den Kopf zurück und entzog meinen Händen ihre wunderbaren Brüste. Mit zärtlichen Worten und Liebkosungen musste ich sie bestürmen, mir doch auf keinem Fall zu zürnen.

Erst als ich mit meiner Hand ihr Venusdreieck bearbeitete, verzieh sie mir. Aber vorher gab sie mir mit ihrer weichen Hand noch einen zärtlichen Klaps auf die Wangen und schalt mich wegen meiner Zweifel.

Ich sprang auf, umarmte sie stürmisch und zog sie auf meinen Schoß. Rasch ergriff ich eines ihrer zarten Hände und lasse sie meine Männlichkeit befühlen. Lächelnd holte sie meinen Amor hervor, blickte ihn zärtlich an und schon begann das wonnevolle Spiel. Aber kaum hatte sie ihr Hemdchen zurückgestreift und sich rücklings ins Bett gelegt, da klopfte es an der Tür.

Ohne auf die Erlaubnis des Eintritts zu warten, kam ganz überraschend der Comte in Begleitung der schwarzhaarigen Gina mit zwei weiteren Paaren in das Schlafzimmer.

Gina fing lauthals zu lachen an, als sie uns beide in einer so verfänglichen Stellung überraschte; aber sogleich forderte sie uns auf, mit unserem netten Spiel doch fortzufahren. Doch instinktiv hatten wir unsere Blöße schon bedeckt. Nur mein halsstarriges Szepter wollte nicht so schnell in seinen Kerker zurück.

Der Comte hatte Gina am gestrigen Abend kennen gelernt und genau wie ich den Wunsch gespürt, sie am folgenden Tag noch einmal zu beglücken. Sie stellten uns die beiden anderen Paare vor. Es war der Fabrikant Mori, der sich jedes Jahr in Venedig zur Karnevalszeit amüsierte. An seinem Arm lehnt sich eine verführerische Dame namens Adeline. Sie hatte ein rotgoldenes schulterlanges Haar.

Der Teint ihres ovalen Gesichtes, der Hals und der üppige Busen, der sich größtenteils frei den Blicken darbot, war wunderbar weiß, fast elfenbeinfarbig. Die mandelförmig geschnittenen Augen hatten einen unbestimmten Schimmer zwischen Blau und Stahlgrün; manchmal leuchteten sie ganz schwarz. Dieses liebliche Wesen war kaum mehr als zwanzig Jahre alt, aber schon Witwe.

Der andere Herr war von kleiner Statur, kräftig und hatte einen Bart. Er hieß Umberto. An der Dame, die er an seinem Arm führte, war alles rund, ohne jedoch plump zu sein. Das enganliegende kurze Kleid brachte ihre üppigen Formen erst richtig zur Geltung. Sie war die Gattin eines Diplomaten und wurde mir mit dem Namen Tina vorgestellt.

Angela unterhielt sich auf die liebenswürdigste Weise mit ihren Gästen, gleichsam als ob wir in einer ganz alltäglichen Situation ertappt worden wären. Sie plauderte mit den Damen, führte sie in ihrer Wohnung umher, bis sie wieder zu uns zurückkehrte.

Mittlerweile war auch das Souper serviert und wir setzten uns an die Tafel. In kurzer Zeit kam eine ausgezeichnete Stimmung auf, Toaste wurden ausgebracht und die Gläser angestoßen. Da erhob sich plötzlich Angela und bat die Gesellschaft um Ruhe:

„Verehrte Gäste! Was ist das Leben ohne die berauschenden Genüsse der sinnlichen Liebe? Was ist das Leben, wenn man gezwungen ist, die Fesseln der Alltäglichkeit zu ertragen und es einem verwehrt ist, die Freuden der Wollust in den Armen desjenigen zu suchen, nach dem sich das Herz sehnt.

Ist es nicht viel besser, offen zu bekennen, dass man sinnliche Begierden, die in unserer Natur gelegen sind, besitzt und auch befriedigen will, als mit erlogener Schamhaftigkeit die Augen niederzuschlagen, um verstohlen denjenigen anzublinzeln, nach dem man im Innern das heißeste Verlangen hat?

Mein Wahlspruch bleibt daher: „Zwanglose Freiheit im Genuss der Liebe, wann und mit wem es gefällt! Nur die Abwechslung verschafft die höchsten Genüsse. Wer damit einverstanden ist, möge auf diesen Wahlspruch sein Glas heben!"

Allgemeiner Jubel und Applaus folgte dieser Rede; alle erhoben sich und die Gläser wurden angestoßen - Angelas Augen funkelten vor Wollust und waren unaufhörlich auf Mori gerichtet, während der Comte sich sehr um Tina kümmerte.

Schon während der Tischrede Angelas hatte ich mit meinem Fuß den von Adeline gefunden.

Es gelang mir, ihre kleinen Füße mit meinem Bein zu umschlingen. Ihre Hand ruhte bereits auf meiner Männlichkeit. In diesem Augenblick erhob sich Angela wieder und erklärte, sie wolle sich zuerst Mori hingeben. Wir mussten ebenfalls offen sagen, wem wir unsere Gunst schenken wollten.

Gott sei dank gab es keine Auseinandersetzung und jeder fand seinen Partner. Sodann vereinbarten wir, dass sich jedes Paar vor den Augen aller auf dem Sofa in der Mitte des Raumes lieben musste.

Mori erhob sich mit Angela, der als Hausherrin der Vorzug gelassen wurde, und führte sie zu dem Sofa. Die übrige Gesellschaft verlässt ihre Sitze und umringt in einiger Entfernung das Paar. Es war sehr merkwürdig, wie sehr Angela von der Wollust und den Begierden hingerissen war. Sie benahm sich so, als ob es im Raum keine Zeugen gäbe.

Innig küsste sie ihren Partner auf Stirn und Mund. Ihr Kopf sank an seine Brust, sie öffnete ihren Busen, der, befreit von seinen Fesseln, in blendendem Weiß hervorquoll, nahm seine Hand und legte sie auf die Halbkugeln. Mori schlang die andere Hand um ihre Taille und drückte gleichzeitig tausend Küsse auf ihre lieblichen Brüste, deren Warzen sich frech nach oben reckten und das Aussehen von kleinen Erdbeeren hatten.

Aber allzu lange dauerte das Vorspiel nicht. Im Nu kniete er zwischen die Beine Angelas und drang in ihren Liebestempel ein. Unter süßen Seufzern und Küssen begann die wilde Liebesschlacht. Die Bewegungen waren zuerst langsam, dann wurden sie immer heftiger.

Ihre Lippen waren zu einem schier endlosen Kuss vereint; starr blickten sich beide in die Augen. Nach einigen heftigen Stößen war das Opfer vollbracht.

Wollüstig lagen sie beisammen. Lautlose Stille herrschte im Saal. Die Gesichter aller waren gerötet. Endlich erhob sich Mori zusammen mit Angela. Glücklich lächelnd nahm sie seinen Arm und forderte uns auf, nach einer Pause das nächste Paar zu beobachten.

Ich trat auf den Korridor und ertappte dort das Hausmädchen Guilia, das durch das Schlüsselloch offenbar die ganze Szene beobachtet hatte. Inständig bat sie mich, nichts ihrer Chefin zu sagen. Aber ich bemerkte auch, wie sehr ihr ganzer Körper vor Begierde zitterte, die Vorgänge im Saal zu beobachten.

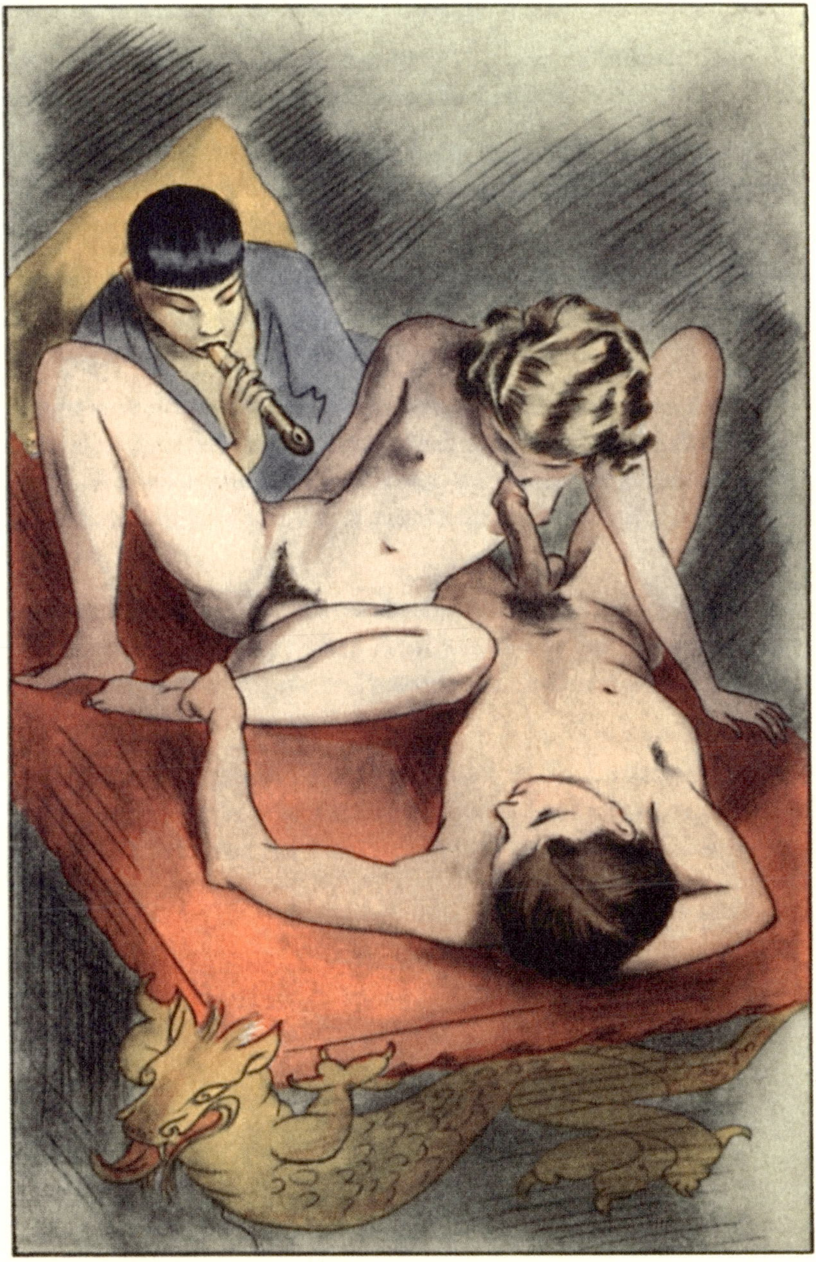

Ihr ganzes Gesicht glühte. Als sie ihre zarten Arme um meinen Hals schlang und mich wollüstig küsste, führte ich sie in ein an den Saal grenzendes Kabinett und bat sie, ganz still zu sein.

Aber einer solchen Aufforderung hätte es gar nicht bedurft! Denn in diesem Augenblick betrat der Comte das Zimmer.

Als die kleine Guilia den gewaltige Amor des Comte erblickte, sah sie mich ganz ängstlich an. „Sei ganz unbesorgt!", flüsterte ich ihr ins Ohr, „der geht schon hinein!"

Die lüsterne Szene und der warme Körper des Mädchens, der an mich geschmiegt war, versetzten mich in eine gewaltige Erregung und brachten mein Blut zum Kochen.

Langsam wanderten meine Finger von dem kleinen Busen des Mädchens über den Bauch und Taille hinab zu ihrem Po und der Venusgrotte. Wir beide waren zu sehr erregt, sodass ich das Mädchen nicht lange bitten musste, sich nackt auszuziehen und sich auf den Diwan zu legen.

Es kostete mich viel Mühe bei ihr einzudringen. Immer wieder bat sie mich, kräftiger zuzustoßen. Aber ich musste mich beeilen, denn im Saal rief mich schon meine Partnerin. Auch Guilia wurde gerufen, damit sie Erfrischungen servierte.

Sobald ich unter großem Beifall mit Adeline die Liebesschlacht beendet hatte, spürte ich das Bedürfnis, frische Luft zu atmen. Ich verabschiedete mich von der Gesellschaft und ging zu Fuß zu unserem Hotel.

Kapitel 8

Ein Liebesabenteuer im Rolls-Royce

Am Abend beschloss ich, das Theater zu besuchen. Ich hatte einen Platz im Parkett neben einer Dame. Auf der anderen Seite saß ihr Gatte. Ich musste durch eine Lücke zwischen zwei Vorderleuten auf die Bühne schauen; durch dieselbe Lücke spähte auch sie.

Wir gleiteten mit den Köpfen so nahe aneinander, dass unser Haar sich berührte; das ihre kitzelte mich an der Stirn. Es lag fast an meinem Ohr. Bald berührte sich die Haut unserer Schläfen. So verharrten wir einen Akt hindurch. Bevor das Licht im Zuschauerraum aufflammte, löste sie sich langsam von mir. Aber schon beim nächsten Akt waren unsere Köpfe wieder beisammen. Meine Erregung wuchs immer mehr. Ich war kaum noch imstande, dem Stück zu folgen.

Da drehte sie sich und unsere Lippen trafen aufeinander. Sie ließ sofort ihre Zunge herabgleiten und schob sie vor, bis sie an meine Zähne stieß. Ich blieb untätig, aber vielleicht spürte sie, wie mein Herz stärker schlug, denn sie machte ein paar ganz zarte, traumhaft küssende Lippenbewegungen. Sie war sehr kühn! Wenngleich es auch dunkel war, so konnten wir dennoch leicht entdeckt werden. Ihr Gatte musste nur eine kleine Drehung seiner Augen machen - und er hätte uns ertappt!

In der Pause höre ich sie ihren Mann fragen, wie viel Akte dieses langweilige Stück habe. „Vier“, gab er lakonisch zur Antwort. Sie gähnte und aus ihrem Gesichtsausdruck las ich ab, dass sie gern das Theater verlassen hätte. Als ihr Mann sie bat, auf jeden Fall zu bleiben, ahnte er nicht, wie sehr er mir damit aus dem Herzen sprach.

Im vierten Akt passierte dies. Kaum war der Raum verdunkelt, da schob sie ihre Hand zu mir herüber und knöpfte vorsichtig meine Weste auf; dann drang sie zwischen dem Hemdspalt hindurch auf das Fleisch und blieb dort über meiner Brust, wie wenn sie meinen Herzschlag fühlen wollte. Ich versuchte, sie zu berühren, wo es gerade glückte, aber sie verhinderte dies mit ihrer freien Hand.

Während ich mir den Kopf über diese seltsame Frau zerbrach, geschah etwas Unerwartetes. Ihre Hand wanderte plötzlich nach unten und ihre spitzen Nägel stießen gegen meinen Amor, der sich schon längst aufgerichtet hatte. Sofort spürte ich brennende Wollust. Mit kurzen zuckenden Bewegungen stieß ich in ihre zarte kleine Hand hinein. Nur mit äußerster Mühe konnte ich verhindern, dass ich zum Höhepunkt kam.

Bevor das Stück endgültig zu Ende ging, glättete sie mein Hemd und knöpfte meine Weste zu. Ich bewegte mich kaum. Als der Vorhang fiel und es wieder hell im Saal wurde, sah ich sie dankbar und beglückt an; aber sie würdigte mich nur eines flüchtigen Blickes.

Ich ging hinter dem Paar in die Garderobe. Im Gedränge schob ich mich an sie heran und berührte vorsichtig ihren üppig schlanken Po. Ich wurde sogar noch etwas dreister und drückte meinen Unterleib an sie. Aber sie sah mich nur über die Schultern an, als ob sie von mir eine Entschuldigung erwartete.

Das Paar nahm einen Wagen und fuhr weg. Langsam schlenderte ich zu meinem Hotel zurück. Unterwegs ließ mir diese seltsame Dame keine Ruhe; in einem fort musste ich an sie denken.

Zuletzt war ich fest entschlossen, noch am Abend meinem Chef zu kündigen. Denn ich redete mir unablässig ein, Venedig ist nicht so groß, dass diese Dame für immer meinem Blickfeld entschwunden ist.

Um meinen erregten Sinnen etwas Ruhe zu verschaffen, verließ ich bald wieder das Hotel und promenierte im Napoleongarten. Im Stillen hegte ich immer noch die Hoffnung, meiner schönen Unbekannten zu begegnen. Auf dem Platz vor der Kirche des heiligen Markus traute ich meinen Augen nicht. Da kam mir die Dame aus dem Theater entgegen.

Ich wusste nicht, wie ich mich verhalten sollte. Zuerst dachte ich daran, ihr aus dem Weg zu gehen oder nur kühl meinen Hut zu ziehen. Doch unsere Begegnung verlief ganz anders. Sie streckte mir ihre süße kleine Hand entgegen, die ich schon an meinem Körper gespürt hatte. Gleichsam, als ob wir uns für heute Abend verabredet hätten, sagte sie: „Da sind Sie ja!"

Eine seltsame keusche Röte bedeckte ihr Gesicht. Ehe sie meine Antwort abwartete, sagte sie: „Bitte begleiten Sie mich! Ich habe nur eine Stunde Zeit!" „Schade! Nur eine Stunde! Das ist für einen Mann, der Sie so wie ich begehrt, viel zu wenig!", sagte ich sehr enttäuscht zu ihr.

„Eine Stunde sind für einen Mann, der zu handeln weiß, eine Ewigkeit!", gab sie zur Antwort, wobei sie dem Wort „Mann" mit einem vieldeutigen Unterton aussprach.

Wir bogen in eine der Seitenstraßen ein; sie ging dicht an meiner Seite. Ich spürte ihre Hüfte an der meinen. Von ihr entströmte ein Duft, der nicht nur Parfüm, sondern ebenso Hauch ihres agilen und geschmeidigen Körpers war. Ohne Zweifel! Sie wollte meine Sinne betören.

Ich begann mir das Hirn zu zermartern, was ich aus der mir gewährten Stunde machen sollte. Im Geheimen ärgerte ich mich sogar über sie, denn ich vermutete, dass ich wie im Theater nur bis kurz vor dem Höhepunkt kommen würde.

Deshalb sagte ich etwas spöttisch zu ihr: „Auf diesen belebten Gassen kostet es nicht sehr viel Mut bei einem Mann die Lebedame zu spielen. Denn Sie müssen ja nicht befürchten, dass das Spiel Ernst wird. In einem dunklen Park oder in einem Hotelzimmer wäre es schon bei weitem gefährlicher!"

Sie schwieg. Als sie die eine Seite ihres elastischen Pos fester an meine Schenkel drückte, fuhr ich fort: „Sie wollen offenbar nur, dass sich mein Amor in die Höhe hebt und dann lassen Sie mich auf der Straße stehen! Oder möchten Sie einmal mit mir schlafen?"

Bei diesen Worten errötete sie bis hinter die Ohren. Sie blieb stehen und zitterte. Im Augenblick war mir nicht klar, ob dies aus Empörung oder Wollust geschah. Aber dann sprach sie ganz leise, und ich sah, dass eine süße Schwäche ihr zu schaffen machte. Sie flüsterte: „Mein Gott, meine Strumpfhose ist etwas verrutscht und behindert mich beim Gehen! Ich muss dort ins Haus treten!"

Sie wies auf einen Toreingang, dessen großer Flügel geschlossen war. Zuerst dachte ich nicht daran mit zu gehen und ärgerte mich ein wenig, dass ich wegen so einer Lappalie Zeit verlieren sollte.

Doch meine schöne Unbekannte befahl mir mit einer aufmunternden Bewegung ihres reizenden Kopfes: „Bleiben Sie doch nicht hier draußen! Sie können mir den Schirm und die Tasche halten. Außerdem erwarte ich Ihren Schutz, wenn jemand unerwartet durch den Hauseingang kommen sollte und mich sieht, wie ich meine Unterwäsche in Ordnung bringe."

Dort im Hauseingang lächelte sie mich seltsam vertraulich an, hob den Rock hoch, tat ein paar prüfende Griffe an ihrer Strumpfhose, die sehr flüchtig waren und offenbar nur zum Schein geschoben. Dann gestand sie mit einem spitzbübischen Lächeln im Gesicht: „Meine Strumpfhose ist ja völlig in Ordnung! Was hat mich nur beim Gehen gestört?"

Ich begriff sofort diese Aufforderung. Im Nu umschlang ich sie, stieß meine Zunge tief in ihren üppigen Mund, umkrallte die beiden festen und elastischen Pobacken und presste ihren Unterleib an mein steifes Glied. Deutlich spürte ich ihren üppigen Venushügel durch meine Hose hindurch. Sie atmete stürmisch, wand sich, aber sie sträubte sich nicht.

Ganz im Gegenteil! Es war ein hemmungsloses Anschmiegen. Sie rieb ihren Unterleib so heftig an mir auf und ab, dass ich in Gefahr geriet, augenblicklich zum Höhepunkt zu kommen. Das wollte ich aber auf keinen Fall. Trotz der beglückenden Wollustgefühle, die mir fast den Verstand raubten, überlegte ich fieberhaft, wie ich es anstellen musste, um mit ihr zu schlafen.

Wir waren keineswegs sicher davor, dass nicht jemand die Treppe des großen Mietshauses herunterkam. Ich war in höchster Erregung, die noch gesteigert wurde durch die Angst, dass wir beide im nächsten Augenblick gestört werden könnten.

Aber die Lust, bei ihr einzudringen, ließ mich immer kühner werden. Ich war fest entschlossen, ihr kurzerhand die Strumpfhose herunterzureißen. Sie war mir so nah und war bereit zu allem. Aber dennoch war ihre Wollustgrotte so unendlich weit weg von meinem Amor!

„Komm mit mir! Wir gehen in mein Hotel!", keuchte ich. „Das ist unmöglich!", hauchte sie mir ins Ohr und gab mir mehrere Küsse.

„Mein Mann erwartet mich! Er ist sehr eifersüchtig! Es hat mich viel Überredungskunst gekostet, noch einmal für eine Stunde wegfahren zu dürfen! Nehmen wir doch einen Wagen! Mein Rolls Royce steht in einer Seitenstraße! Dort können wir uns bequem lieben!“

Als ob sie mich erst dazu überreden musste, drängte sie mich ganz in den Gangwinkel und stellte sich vor mich. Ihre wundervollen Gesäßwölbungen berührten von neuem meinen bebenden Amor. Ich war zum Äußersten entschlossen, wortlos schlug ich ihren Rock empor. Aber als ich ihr die Strumpfhose herunterziehen wollte, hielt sie meine Hände fest.

„Hier geht dies nicht! Komm zu meinem Wagen!“, befahl sie mir. In einer dunklen Seitenstraße stand auf dem Bürgersteig ihr Silver Shadow. Auf den großen, weichen und ledergepolsterten Rücksitzen nahmen wir Platz. Ab und zu hörten wir Tritte auf der Straße und gelegentlich huschte eine Gestalt an dem Wagen vorbei.

Schnell hatten wir einige hinderliche Kleidungsstücke ausgezogen. Sie streifte ihren Rock zurück, und zog ihre Strumpfhose herunter. Schon duftete mir der aufreizende Geruch ihrer lieblichen Venusgrotte entgegen.

Ich holte meinen Amor aus der Hose und machte Anstalten, um mir einen Weg in ihr Heiligtum zu bahnen. Da kniff sie ihre Schenkel zusammen und bat mich stockend: „Du darfst mich nur in meinen Po lieben!“

„Warum? Was soll das wiederum bedeuten?“, fragte ich ein wenig enttäuscht. Aber gleichzeitig war ich zufrieden und nur darauf aus, endlich in ihren hübschen Körper Einlass zu finden. Als mein gewaltiger Amor sich Zutritt in ihren kleinen, fest verschlossenen Hintereingang verschaffte, krümmte sie sich vor Lust und Schmerzen. „Oh! Wie schön das ist! Wie es wohl tut! Aber es tut mir weh! Ach, sehr! Nein nicht mehr! Er ist zu groß! Halt!“, drang es leise über ihre Lippen.

Ich wusste jetzt, was ich zu machen hatte! Ich hatte so meine Erfahrungen! Wenn der Amor nicht in den Hintereingang passt, muss man heimlich ein Stockwerk tiefer rutschen! Wenn eine Frau erregt ist, bringt sie die Kraft nicht mehr auf, um sich gegen den Ortswechsel zu wehren. Ich spürte das glühende Verlangen meiner Unbekannten, sodass ich die Überrumplung wagen konnte.

Da sie seitlich mit angewinkelten Beinen auf dem Rücksitz lag und ich vor ihr kniete, konnte ich mit meinem Glied leicht in die köstlich heiße und zart schlüpfrige Region ihres Venusdreieckes eindringen.

Obwohl ihre Sinne vor Erregung und Lust getrübt waren und ihre Umgebung ihr gleichgültig geworden war, merkte sie, welchen Gang ich mir zu bahnen suchte.

Aber ich hatte mich nicht getäuscht! Sie war schon zu schwach, um mir etwas verbieten zu können. Sie konnte nur stammeln: „Nein! Nein!"

Aber instinktiv fühlte ich, wie sie meinen Amor suchte.

Statt ihm zu fliehen, half sie ihm noch, leichter in das Innere ihrer Liebesgrotte einzudringen. Ich stieß zu und genoss die unbeschreibliche Wollust, wie mein Werkzeug in ihrem pochenden Unterleib hin und her glitt. Meine Schöne seufzte tief und wollüstig. Dazwischen feuerte sie mich an: „Oh, wie gut! Wie das gut tut! Tiefer! Jetzt schmerzt es nicht mehr - oh - diese Lust - ach, es ist unsagbar schön!"

Die Gefahr unserer Lage, die Umstände unseres Tête-á-tête und dessen eigentümlicher Verlauf brachten mich schnell auf den höchsten Punkt. Meine Liebhaberin verriet mir durch ihre Seufzer, welche Wollust ihr mein Glied bereitete. Wir kamen fast beide zum Höhepunkt.

Nun waren wir fertig, und dann stellte sich die süße Ermattung ein. Aber leider konnten wir nicht lange zusammen liegen; je länger wir in diesem Zustand verweilten, umso gewisser musste der Augenblick kommen, wo wir entdeckt wurden.

„Nichts würzt so sehr den Genuss wie die Gefahr!", sagte sie leise und mit einem Lächeln in ihrem blassen Gesicht. Ich war wie berauscht. Als ich sie wieder in meine Arme nehmen wollte, hielt sie mich an den Gelenken fest und legte meine Hände ganz flüchtig auf ihre auf- und niedergehenden Brüste. Dabei drückte sie mir einen langen Kuss auf meine Lippen.

„Wann und wo können wir die nächste Stunde zusammen genießen?“, fragte ich sie. „Nirgends und niemals!“, lautete ihre lakonische Antwort. „Mein Mann würde mich erschießen, wenn er etwas davon erfahren würde! Leben Sie wohl!“

Ich zog mein Jackett wieder an und stieg aus dem Wagen. Meine Unbekannte ließ mir kaum Zeit, dass ich mir das Kennzeichen ihres Wagens merken konnte. Schon war sie mit großer Geschwindigkeit hinter der nächsten Ecke verschwunden.

Ich habe sie nie wieder gesehen. Auch als ich ein halbes Jahr später wieder in Venedig war, suchte ich sie vergeblich in den Theatern, Rennbahnen und Luxusrestaurants. Vergebens! Schließlich ist keine Stadt so groß, dass man sich nicht begegnete. Deshalb glaube ich, dass sie Venedig verlassen hat.

Kapitel 9

Was mein Chef so alles in Venedig erlebte

Am nächsten Tag fuhr ich zusammen mit meinem Chef wieder zur Nénuphar zurück. Der Comte zog sich in seine Kabine zurück, um sich noch ein wenig von den Strapazen der letzten Nacht zu erholen. Ich beschloss deshalb auf das Deck hochzugehen, um die köstliche, salzige Meeresluft einzuatmen.

Ich traf dort nur Renée Douglars an, die sich ganz allein sonnte und sich sehr zu langweilen schien. Nachdenklich sah sie über die Reling und betrachtete das prächtige Panorama. Später erfuhr ich den Grund ihrer Melancholie. Sie war auf der Partie in der „Reichen Gasse“ nicht auf ihre Kosten gekommen.

Von ihr erfuhr ich auch, dass Micheline sich während unseres Aufenthaltes in ihrer Kabine eingeschlossen hatte. Ihr Verführer feierte den Triumph über ihre Jungfernschaft im Spiegelsaal des kleinen Privattheaters, wo ich Gina und Angela kennen lernte.

Es war schon Mittag, als die ersten Passagiere auf Deck erschienen. Alle waren ohne Ausnahme erschöpft. Nach den Ausschweifungen in Venedig hatten sie sich alle erst einmal in ihre Kabinen zurückgezogen, um sich auszuschlafen. Lord Reginald gab den Befehl zum Auslaufen. Unser nächstes Ziel sollte Palermo sein. Aber ganz sicher war dies nicht. Denn der Lord änderte je nach seinen Launen den Kurs seiner Luxusjacht.

Als schließlich auch mein Chef ganz frisch und munter auf Deck erschien, glaubte ich etwas in seinem Verhalten zu bemerken.

„Sie sind wohl erstaunt, mein lieber Freund, mich so spät entgegen meiner Gewohnheit zu sehen?“, sagte er zu mir. „Das ist ganz einfach zu erklären! Als Sie etwas rasch das Haus der Angela verließen, musste ich Sie bei unseren weiteren netten Spielen vertreten. Aber ich versichere Ihnen, ich habe mich nicht allzu schlecht aus der Affäre gezogen. Aber ich muss Ihnen eingestehen, dass es mich viel Mühe kostete. Übrigens wie geht es der kleinen Giovanina? Sie hat Sie doch jetzt fast drei Tage nicht gesehen!“

„Oh weh! Am besten, wir wechseln das Thema!“, sagte ich traurig. „Sie ist vor Kummer fast krank geworden!“

„Das ist doch nicht möglich!“, rief der Comte erstaunt aus.

„Aber Sie werden jetzt genug Zeit haben, die Kleine zu trösten! Ich überlasse Sie Ihnen!“

Dem Comte musste ich dann ausführlich meine nächtlichen Abenteuer schildern; besonders interessierte ihn die geheimnisvolle Unbekannte, die mir ihre Gunst gewährte.

Mein Chef überlegte lange, dann bemerkte er: „Vielleicht wollte Sie eine Schwangerschaft vermeiden, als Sie Ihnen nur die Hinterpforte anbot! Oder Ihre schöne Unbekannte praktizierte mit ihrem Gatten ein Gesellschaftsspiel, das zurzeit besonders in Paris sehr in Mode ist. Für eine gewisse Zeit ist der normale Geschlechtsverkehr verboten; aber sonst ist alles erlaubt. Wer schwach wird, gilt als der Verlierer. Nachdem Sie Ihre Dame an einer verbotenen Stelle geliebt haben, wird sie sicherlich auch ihren Gatten dort hereinlassen müssen. Denn die Legitimität der möglichen Folgen dieses Liebesabenteuers muss ihr Mann bestätigen.“

„Oh! Dann müsste mir ja ihr Gatte sich auf den Knien bei mir für das Glück bedanken, was ich ihm auf diese Weise verschafft habe!“, gab ich lachend zur Antwort.

„Auch ich habe ein seltsames Abenteuer erlebt, nachdem Sie unsere Gesellschaft verlassen hatten“, fuhr der Comte fort.

Es schlug gerade die zehnte Stunde vom St. Markus Turm, als ich die Gesellschaft unserer gemeinsamen Freundin Angela verließ. Fern vom Meer hörte man die Klänge einer Matrosenkapelle. Als ich ziellos durch die Gassen nahe dem Canale Grande schlenderte, sprach mich plötzlich ein Mann auf Italienisch an, der mir schon eine Weile gefolgt war. Er wollte wissen, ob ich der Comte X. sei. Ich hatte dies kaum bejaht, da bat er mich höflich, ihm zu einem bereitstehenden Wagen zu folgen. Er habe den Auftrag, mich zu einem bestimmten Haus zu bringen. Im Geheimen vermutete ich, dass eine der Signorinas, mit denen wir uns vergnügt hatten, gern die ganze Nacht mit mir verbringen wollte. Ich lehnte mich also voller Erwartung in das weiche Polster der Luxuslimousine. Mein Fahrer sprach kein Wort.

Der Wagen fuhr durch verschiedene Straßen, bog nach links und rechts ab und hielt schließlich vor einem großen Tor. Es war so dunkel, dass ich nicht wusste wo ich mich befand. Das schwere Gartentor öffnete sich, und wir durchquerten einen großen Park. Vor einem Seiteneingang der Villa hielten wir an; der Fahrer führte mich über eine Treppe in einen mit kostbaren Antiquitäten ausgestatten Empfangsraum.

Wie groß war meine Überraschung, als mir plötzlich die Signorina Miriam gegenüberstand. Diese bezaubernde Dame war mir auf der Gesellschaft in der „Reichen Gasse" vorgestellt worden.

Sie war Amerikanerin und mit einem Industriellen verheiratet. Da meine hübsche Gastgeberin bemerkte, dass ich etwas befangen war, gab sie mir sofort einen Kuss und flüsterte mir ins Ohr: „Endlich bist du bei mir!" Sodann führte sie mich in ihren Salon, wo erneut eine Überraschung auf mich wartete.

Auf einem Diwan lag eine junge Frau, die an Schönheit noch meine liebenswürdige Gastgeberin übertraf. Miriam stellte mir dieses liebreizende Geschöpf mit den Worten vor: „Dies ist meine Freundin Jane, eine Amerikanerin, die in Venedig Kunst studiert und mir ab und zu Gesellschaft leistet, wenn mein Mann auf Reisen ist."

Ich musste mich neben Jane auf den Diwan setzen. Nachdem Miriam einen Tisch mit Gebäck und Weinen herangerückt hatte, nahm auch sie neben mir Platz.

Der Wein und die recht freie Unterhaltung, die vor allem die neuesten Gesellschaftsskandale zum Inhalt hatten, führten bald dazu, dass wir alle drei allmählich in Erregung gerieten. Jane legte ihren Schal ab, und Miriam machte den Vorschlag und bestand auch darauf, dass wir uns alle völlig nackt entkleiden sollten, um unseren Körpern größere Bequemlichkeit zu verschaffen.

Jane errötete zunächst ein wenig, aber schließlich verstand es ihre ältere Freundin sie ebenfalls dazu zu bewegen und so gab sie nach. Zaghaft zog sie ihren kurzen Rock und die Bluse aus. Dabei sah sie in einem fort Miriam an, die bereits im Evakostüm dastand. Als ich mich meiner Kleidung entledigt hatte und mich umwandte, stach mir sofort der schöne nackte Körper von Jane in die Augen.

Obwohl mich der Anblick Miriams nicht minder berauschte, hatte ich soviel Anmut und edlen Wuchs nicht erwartet. Zwei springenden Knospen gleich, ragten die marmorgleichen Halbkugeln ihrer Brüste nach vorn. Ihre Haut war zart und weiß wie Alabaster. Ihr Venusdreieck verdeckte sie etwas verschämt mit ihren Händen.

Wir setzen uns nun wieder auf den Diwan. Links hatte ich Miriam und rechts Jane im Arm. Abwechselnd küsste ich beide auf ihren Mund und Busen.

Erstaunt betrachtete Jane mein immer größer werdendes Glied, aber sie wagte nicht, sich ihm zu nähern. Erst als ihre Freundin mit gutem Beispiel voranging und es streichelte und sogar zwischen ihre Lippen nahm, fasste sie Mut und nahm es in ihre zarten Hände. Ein unbeschreibliches Gefühl von Wollust durchfuhr meinen Körper.

Ich leckte und küsste die Reize meiner beiden Schönen, durch deren Körper ein leises Beben und Zittern ging. Zuerst nahm ich mir die kleine Jane vor und führte sie auf den Gipfel der Seligkeit. Wir erholten uns ein wenig von den Strapazen des Liebeskampfes.

Eine Dienerin brachte Süßigkeiten, Früchte und Kaffee. Als sich unsere Unterhaltung wieder mit Liebe, Erotik und Skandalen beschäftigte, brannte Miriam darauf, dass ich ihr endlich die Glut lösche, die ich bei ihr entfacht hatte. Uneigennützig habe sie ihrer jungen Freundin den Vortritt gelassen.

Aber sie bestand darauf, dass sie jetzt dafür umso reichlicher entschädigt würde. So blieb mir nichts anderes übrig, als bei ihr meine stark geschwächte Männlichkeit restlos zu verausgaben.

Im Morgengrauen brachte mich dann der Fahrer zurück in mein Hotel.

Kaum hatte der Comte geendet, da bat ihn der Chefsteward in die Kabine von Lord Reginald zu kommen.

Kapitel 10

Die besonderen Fähigkeiten des Kapitäns

Lord Reginald hatte schon wieder etwas Neues ausgeheckt; auf der Zusammenkunft seiner Vertrauten wurde kein neuer Kostümball, sondern eine todschicke und exquisite Abendgesellschaft beschlossen.

Da nicht alle Damen Ballkleider hatten, wollten wir eine Woche in Messina bleiben, wo die besten Haut Couturiers nach den Entwürfen von Lord Seacombe sehr prächtige Abendkleider für die weiblichen Gäste schneidern sollten. Wir verbrachten einige Tage an diesem heiteren Ort. Als die Kleider fertig waren, stachen wir wieder in See. Es scheint mir nicht notwendig zu sein, die zahllosen Ereignisse zu erzählen, die sich während dieses Teils der Reise ereigneten.

Wir segelten weiter, aber wir kamen nicht sehr weit. Erst am dritten Tag, nachdem wir Messina verlassen hatten, erreichten wir Cap Spartivento, den äußersten Punkt des italienischen Stiefels. Während dieser Zeit hatten die Passagiere sich aneinander gewöhnt und es herrschte bestes Einvernehmen unter ihnen. Jeder hatte seine Wahl getroffen.

Comte Popolsky hatte sich mit seiner hübschen Geliebten versöhnt oder es hatte wenigstens diesen Anschein. Nachdem Micheline eine Zeitlang ihrem Verführer geschmollt hatte, resignierte sie und machte keine neuen Schwierigkeiten. Ihre großen und feuchten Augen, derer halbmondförmige Wimpern noch deren Ausstrahlungskraft vergrößerten, waren ein sicherer Beweis dafür, dass sie nicht mehr länger verdrossen war.

Nur Renée Douglars hatte ihre Meinung nicht geändert und lehnte eine Unterwerfung ab. Bei dem nächtlichen Maskenball hatte sie eine große Enttäuschung erlitten. Ihr ungeschickter Verehrer, der sich leider von den Reizen des hübschen Mädchens betören ließ, hatte schnell Ersatz gefunden. Er wandte sich wieder der hübschen, kleinen Montauciel zu.

Dies brachte den alten amerikanischen Kapitän zur Verzweiflung, der ähnlich wie der Comte X. unter Einsamkeit litt. Wohl oder übel war er ein Zölibatär, sodass er sich um die Gunst der widerspenstigen Renée Douglars bemühte. Doch ihr feiner Geschmack gebot ihr, sich nach einem Anderen als dem Kapitän umzusehen, der ein alter, hässlicher und behaarter Lüstling war.

Nach langem Zögern war Renée Douglars bereit, ihre Jungfräulichkeit aufzugeben, wenn man ihr ein luxuriöses Leben versprach. Aber im Geheimen hatte sie sich geschworen, dass sie ihre Jungfräulichkeit auf dem Altar der Venus in den Armen eines Mannes opfern wollte, der nicht so sehr abstoßend war. Diesem Ereignis wollte sie einen poetischen Anstrich geben.

Man kann verstehen, dass das verlebte Gesicht eines alten Seemanns, der einen zottigen Bart hatte, ihr nicht gefallen konnte. Er rief bei ihr nur großen Widerwillen hervor. Allein schon der Gedanke, in den Armen dieses alten Lüstlings zu liegen, jagte ihr einen gewaltigen Schrecken ein.

Jedes Mal, wenn Kapitän Bullock darauf zu sprechen kam, gab sie ihm einen Korb. Nachdem ihm öfter eine Abfuhr erteilt wurde, geriet der alte Lüstling in Wut und hielt diese rücksichtslosen Zurückweisungen für herzlos.

„Verdammt!“, schwor er, „wenn Du Frauen um Dich hast, dann kannst Du sie Dir auch nehmen! Wenn diese schmucke Modepuppe weiterhin die Prüde spielt, dann wird es ihr schlecht ergehen! Wenn sie nicht bald die Fahne streicht, dann werde ich es ihr heimzahlen! Ich werde ihren Widerstand schon brechen! Wir werden bald sehen, wer Sieger bleibt!“

Wenn sich Kapitän Bullock etwas vorgenommen hatte, dann führte er es auch bis auf den I-Punkt aus. Zufällig hatte ich die obigen Drohungen mit angehört. Ich hatte ein ungutes Gefühl, als ich sah, wie am selben Abend Lord Seacombe, begleitet von Renée, den kleinen Rauchsalon betrat, wo Micheline ihre Jungfräulichkeit verloren hatte. Ein Freund des Adligen war auch noch anwesend. Ich bemerkte, wie der Wolf auf der Lauer lag. Dies war der Kapitän Bullock!

Ich nahm mir vor, aufmerksam die kommenden Ereignisse zu beobachten, denn ich war der Meinung, es würde etwas Interessantes passieren. Eine gierige Raubkatze wollte das Kätzchen von Renée verschlingen.

Die übrigen Gäste waren an Deck. Die Damen lagen lässig in den Liegestühlen. Die Herren saßen zurückgelehnt in den Stühlen und bliesen blaue Rauchwolken aus ihren Pfeifen und Zigarren in den Himmel.

Ich hatte kaum Zeit, mich in einer dunklen Ecke zu verbergen, als Kapitän Bullock vorbeiging. Er war sehr erregt und leicht angetrunken, als er die Treppe zu dem Rauchsalon herunterging. Beim Eintreten schlug er laut die Tür hinter sich zu.

Ich nutzte die Gunst der Umstände aus, eilte in den verlassenen Salon und bezog meinen früheren Beobachtungsplatz an dem kleinen Fenster hinter dem Orchestrion. Von hier aus konnte ich alles beobachten, ohne dass mir das kleinste Detail entging.

Zunächst sah ich, wie der Kapitän ganz nahe neben Renée saß. Sie wich vor ihm zurück, was den alten Lüstling nicht daran hinderte, seine Arme um ihre Taille zu legen. Dann versuchte er, sie zu küssen, aber Renée gelang es zu verhindern, dass sein nach Whisky riechender Mund ihre Lippen berührte. Die beiden Herren, die Zeugen dieser Szene waren, lachten lauthals darüber.

Die sexuellen Begierden des Kapitäns waren geweckt worden. Ich erwartete, dass er sich jetzt diese Dame vornehmen würde. Das stimmte auch!

Renée Douglars trug ein Tageskleid, das aus einem weißen Rock aus Serge und einer Bluse aus Foulard bestand, die mit weißen Spitzen verziert war. Sie hatte einen tiefen Ausschnitt, sodass ihr weißer und kräftiger Hals entblößt wurde. Ein sehr enganliegender, schicker, dunkelblauer Blazer brachte ihre Figur gut zur Geltung, indem er besonders ihre wogenden Hüften und ihr kräftiges Gesäß betonte.

Mit einer plötzlichen Handbewegung setzte Kapitän Bullock Renée auf den Diwan, wo sie beide saßen. Ich weiß nicht wie, aber plötzlich war seine Hose bis auf die Knie heruntergezogen. Der Liebeskampf konnte beginnen.

Lord Seacombe und sein Freund, die beide gelassen blieben und nur lächelten, gaben vor, völlig uninteressierte Zuschauer zu sein. Renée kämpfte wie ein Teufel. Sie strampelte mit ihren hohen Stöckelschuhen in der Luft umher. Die hübschen Beine des entzückenden Mädchens, die mit braunen Seidenstrümpfen verhüllt waren und gut zu ihren Schuhen passten, zeigten stolz ihre Schönheit dem Betrachter. Außer ihren gut geformten Beinen, die ein köstlicher Anblick waren, konnte man noch ihre Oberschenkel bewundern, wo ihre rosaroten Strumpfhalter einen hübschen Kontrast zu ihrem kastanienbraunen Höschen bildeten. Renée, die so geschmackvoll gekleidet war, verschwand in dem Gewühl ihrer Unterröcke, die der Kapitän in der Hitze des Gefechtes über ihren Kopf gezogen hatte.

Ich konnte nur sehen, wie sich ihre Oberschenkel wild und leidenschaftlich hin und her bewegten. Unter dem dünnen Stoff glaubte ich zu erkennen, dass der Kapitän gerade damit beschäftigt war, die Beine des Mädchens zu spreizen. Gelegentlich konnte man den Venushügel für einen Augenblick sehen, der reichlich mit Haaren bedeckt war.

Die Liebesschlacht wurde ohne Unterbrechung fortgesetzt. Doch der Kapitän erreichte bei dieser Jungfrau nur, dass er für einen kurzen Moment mit seinen Fingern ihr Kätzchen berühren konnte.

Lord Seacombe hatte jetzt genug und etwas verärgert sagte er: „Ein andermal könnt Ihr weitermachen! Früher oder später wird es jemandem gelingen, ihre Jungfräulichkeit auf dem Altar der Venus zu opfern!“

Als Renée wieder auf ihren Füßen stand, war sie rot bis hinter die Ohren, ihre Haare waren in Unordnung geraten und ihr Mieder ausgezogen. Hastig brachte sie ihr Äußeres wieder in Ordnung. „Bei mir brauchen Sie es nicht mehr versuchen!“, rief sie wütend. „Verstehen Sie mich? Sie nicht mehr! Ich werde es mit einem Anderen versuchen! Aber mit einer so hässlichen Person wie Ihnen werde ich es niemals mehr machen!“

„Blödsinn! Dummheit!“, keuchte der alte Lüstling. Ein Grinsen aus Wut und unbefriedigter Lust, das wie ein Lächeln aussehen sollte, entstellte seinen Mund. „Merke Dir, Wildkatze, wer warten kann, wird am Ende siegen!“

Kapitel 11

Ein angenehmes Intermezzo

Ich hatte nicht die geringste Ahnung, welche Pläne seine Lordschaft hatte. In den folgenden zwei Tagen vor der großen Abendgesellschaft, die Lord Reginald angekündigt hatte, passierte ein kleines Abenteuer.

Ich war der Held. Es verschaffte mir eine angenehme Erinnerung, die sich mir unauslöschlich in mein Gedächtnis einprägte. Wenn ich mich jedoch wieder daran erinnere, empfinde ich Mitleid, denn die Heldin dieser Geschichte kann niemals mehr die Freuden dieser Erden genießen. Dies wird der weitere Verlauf zeigen.

Ich widmete der schönen Giovanina meine ganze Zeit, die von Tag zu Tag verführerischer wurde. Sie war mir wirklich sehr lieb geworden und wie einer wilden Gazelle verbot ich ihr, die Kabine zu verlassen, denn ich fürchtete, dass ihr so etwas passieren könnte, was sie auf dem nächtlichen Maskenball beobachtet hatte.

Lord Seacombe hielt sein Versprechen und drückte meinem Liebling ein Bündel von 25 Tausend-Franc-Noten in die Hand. Als Gegenleistung bat er Giovanina, ihm einen Kuss auf ihren Mund zu erlauben. Die hübsche Kleine gab ihm einen Kuss, nachdem sie mich angesehen hatte, gleichsam als ob sie mich um Erlaubnis bitten wollte.

Tausend Pfund Sterling waren einen leidenschaftlichen Kuss wert. Obgleich diese Summe für seine Lordschaft nicht mehr als ein Wassertropfen in einem großen See war, hielt ich diesen Kuss schon für ausreichend, denn das Berühren von zwei Zungen führt oft zu etwas anderem.

Als ich mich an diesem Abend ganz allein am Heck der Nénuphar über die Reling beugte und die Sterne beobachtete, hörte ich neben mir das Rascheln eines seidenen Rockes. Als ich mich umwandte, stand ich Renée Douglars gegenüber. Große Tränen rollten über ihre Wangen von ihren großen, entzückenden Augen herab. Ich kann eine Frau nicht weinen sehen, ohne gerührt zu sein. Die unglückliche Renée weckte deshalb mein größtes Interesse.

„Was haben Sie, Mademoiselle?", fragte ich sie. „Welches Übel bedrückt Sie?"

Sie sah mich einen Augenblick an, gleichsam als ob sie meine geheimsten Gedanken erraten wollte. Dann kam sie näher an mich heran und legte sich über die Reling. Ohne ein Wort zu sagen, weinte sie leise, als sie die Wellen anstarrte.

„Bitte! Bitte!", sagte ich. „Nehmen Sie es sich nicht zu sehr zu Herzen, was auch immer es ist. Um was geht es? Welcher Kummer bedrückt Sie? Ist es indiskret, wenn ich Sie danach frage?"

„Sie sind doch Franzose?", sagte sie. „Sie sind also kein Engländer oder Amerikaner, die so rücksichtslos und kaltherzig sind. Oh! Wenn ich doch von hier weg wäre! Das sind nur Hirngespinste - nein, ich wage es nicht zu sagen!"

„Sprechen Sie ohne jede Hemmungen, bitte! Haben Sie keine Angst! Erleichtern Sie sich!"

Sie zögerte einen Moment.

Dann erzählte sie mir, wie rücksichtslos sich Kapitän Bullock bei ihr verhalten habe. Ich kann nicht sagen, wie es passierte, aber ich ließ in dem Gespräch die Bemerkung fallen, dass ich die Szene im Rauchsalon beobachtet hatte. Für einen Augenblick war sie sehr verwirrt.

Doch plötzlich schien sie sich entschieden zu haben, denn sie starrte das Meer an und sagte, ohne mich eines Blickes zu würdigen: „Es gab für mich keine Möglichkeit, mich dieser fatalen Situation zu entziehen!" Ich blieb still und gab ihr keine Antwort.

„Sie antworten ja nicht!", fügte sie nach einer Pause hinzu. „Sie sagen nichts! Bin ich denn völlig hilflos?" Ich konnte ihr nicht antworten, aber sie las mir meine Gedanken von den Augen ab.

Mit einem Mal raffte sie sich zusammen und sagte zu mir, ohne einen Moment Pause zu machen, indem sie ihren Kopf senkte und ihre Augenlider halb geschlossen hatte: „Hören Sie mir bitte zu! Sie sind Franzose! Wir sind allein! Ich befinde mich in einer schwierigen Lage, aus der ich mich nicht selbst befreien kann. Ich muss wohl oder übel auf der langen Reise meine Jungfräulichkeit opfern. Ja, ich werde dort bestraft werden, wo ich gesündigt habe. Ich muss bis zum bitteren Ende mitmachen. Aber, um freimütig meine Meinung zu sagen, ich kann mich nicht mit dem Gedanken abfinden, dass mich der alte Lüstling haben soll. Ich hatte mir das anders vorgestellt.

Aber ich muss mich der Notwendigkeit fügen. Wegen meiner Gedankenlosigkeit werde ich bestraft - nun gut! Ich habe mich damit abgefunden! Aber niemals - das schwöre ich - werde ich mich dem Kapitän Bullock noch einmal hingeben, den ich verabscheue und hasse."

„Soll ich Ihnen etwas sagen?", fuhr sie nach einem Lächeln einen Augenblick später fort. „Ich wage es nicht! Nein! Das kann ich nicht sagen!"

„Zieren Sie sich nicht! Sagen Sie es mir!", drängte ich sie nochmals.

Sie schien zu resignieren und rückte näher an mich heran. Dann flüsterte sie in mein Ohr und ich konnte fühlen, wie ihre Haarlocken meine Backen kitzelten. Durch diesen Kontakt fuhr ein Schauer durch meinen Körper.

„Ich weiß nicht, was ich machen soll! Früher oder später muss ich mich hingeben! Nun gut! Dann will ich es freiwillig machen! Ich wage mich Ihnen nicht anzubieten, aber - wenn Sie wollen - na schön! Dann machen Sie es mit mir!"

Ich schaute ihr fest in die Augen. Sie sagte kein Wort, sondern wandte sich mir zu und sah mich unerschrocken an, gleichsam als ob sie sich aufraffen wollte, meine ängstlichen und suchenden Blicke zu ertragen.

Aber die Versuchung war zu groß. Ich hatte vor mir ein hübsches Mädchen von 19 Jahren, das in der Blüte ihrer Jahre stand und sich mir hingeben wollte, um sich einem älteren Mann zu entziehen, der bei ihr Widerwillen hervorrief.

Ohne ein Wort zu sagen, umschlang ich ihre Taille. Ich zog sie an mich und auf ihre zitternden Lippen drückte ich einen leidenschaftlichen Kuss. Dann führte ich sie weg.

Sie ließ sich wie ein Lamm zum Schlachthaus führen. Unbemerkt kamen wir zu meiner Kabine. Zögernd verschloss ich die Tür hinter mir. Dann war ich mit diesem bildhübschen Mädchen allein, die sich mir freiwillig hingab. Diese Situation war für mich neu und sicherlich nicht ohne Reiz.

Ohne Murren ließ sie alles mit sich machen. Ich drückte sie an mich, küsste ihre niedergeschlagenen Augenlider und ihren lüsternen Mund. Ich streifte mit meinen Lippen über ihre seidenweichen Locken, die ihren weißen Hals und ihre roten Ohren umspielten.

Ich ließ mich auf einem Diwan nieder, setzte sie auf meine Knie und betrachtete sie einen Augenblick. Völlig passiv und mit geschlossenen Augen unterwarf sie sich meinem Willen, aber durch ihre langen Augenwimper flossen große Tränen. Ich dachte an die Opferung der Iphigenie und hatte Gewissensbisse.

Aber meine Skrupel verschwanden, als ich mich an das Äußere des alten Kapitäns erinnerte. Wenn sie schon in die Liebe eingeführt werden sollte, dann wäre es sicherlich besser, die ersten Liebesfreuden in meinen Armen zu genießen als in denen eines anderen.

Mit heißen Lippen leckte ich die salzigen Tränen von ihren erröteten Lippen ab. Sie schmiegte sich an mich und allmählich zog ich ihr ein Kleidungsstück nach dem anderen aus.

Mit ihrem Mieder und Korsett machte ich den Anfang! Meine Finger zitterten, als ich ihre zarte und samtweiche Haut berührte, die sich durch meine Berührung feucht, warm und zitternd anfühlte.

Dies versetzte mich in große Erregung. Renée gab sich ganz meinen Liebkosungen hin. Ich glaubte, den Verstand zu verlieren. Aber meine Begierden wurden noch stärker.

Unter den feinen Spitzen ihres Batisthemdes hoben und senkten sich ihre Brüste vor Erregung. Sie standen verführerisch nach vorn, während ihre roten Brustwarzen wie reife Himbeeren sich unter dem feinen Stoff durch die Berührungen abzeichneten.

Ich zog ihre Bluse aus. Ihre hübschen, fleischigen und mit Grübchen bedeckten Arme, die sie um meinen Hals legen musste, riefen bei mir eine wollüstige Erregung hervor. Ihre prallen Brüste in ihrem Korsett aus Atlas und Spitzen und ihre bildhübschen Schultern machten sie noch begehrenswerter und im höchsten Grade unwiderstehlich. Ich bedeckte sie mit Küssen, die sie nicht gleichgültig ließen.

Sie saß immer noch auf meinen Knien. Ich stöhnte und verlor allmählich den Verstand, weil dieser jungfräuliche Körper so sehr meine Sinne erregte. Sodann zog ich ihr die zierlichen Schuhe und ihre weißen Seidensocken aus. Nunmehr konnte ich mich nicht länger zurückhalten. Ich hörte auf, sie auszuziehen und legte sie auf meine Couch. Es war nicht schwierig, ihr das Hemd hochzuheben und das Höschen auszuziehen.

Die bloße Berührung meiner Finger mit der Seide und den Spitzen der merkwürdigen Stücke ihrer Unterwäsche brachte mein Blut ins Wallen. Ich hatte sie bis zu ihrem Hemd ausgezogen. Ich sah ihre Oberschenkel, die fest und weiß waren. Mit meinen vor Lust heißen Lippen küsste ich sie. Sie gab sich mir hin, ohne das geringste Gefühl zu zeigen. Ihre Passivität langweilte mich. Mit meinen Händen erforschte ich die geheimen Regionen zwischen ihren Oberschenkeln, die meiner indiskreten Untersuchung keinen Widerstand entgegensetzten.

„Bist Du aus Marmor?", fragte ich sie, da ich ihr Schweigen nicht länger ertragen konnte.

„Hast Du denn kein Gefühl? Ich mache mir aus Dir nichts! Ich will Dich nicht haben! Ich lehne es ab, Dich zu einer Frau zu machen, wenn Du weiterhin so gefühllos bleibst!"

Ihre Antwort bestand nur darin, mich an sich zu ziehen. Sie nahm meinen Kopf in ihre Hände, küsste meine Lippen und flüsterte: „Zieh Dich aus!"

Ich nahm sie eine Zeitlang in meine Arme, zog bis auf mein Hemd alle meine Kleider aus, kam zu ihr zurück, legte mich rücklings in mein Bett und wartete auf sie.

Aus Ungeduld begann ich sogleich mit meiner Attacke auf ihre Festung, die nicht länger belagert werden musste. Ohne Stolz kann ich sagen, dass ich sie sogleich siegreich erobert hätte. Doch entgegen meinen Erwartungen stieß mich Renée sanft beiseite und flüsterte leise: „Noch nicht! Ich will jetzt noch nicht! Oh! Bitte! Jetzt noch nicht!"

Durch eine geradezu unmenschliche Anstrengung ihres Willens hatte sie sich bis jetzt zurückgehalten. Aber jetzt besaß sie nicht mehr die Kraft, die Erregung ihrer Sinne, die sich auf einem Siedepunkt befanden, zu unterdrücken. Da sie nicht aus Stein war, unterwarf sie sich den Naturgesetzen und gab ihren Gefühlen freien Lauf. Sie nahm mich in ihre Arme, erwiderte meine Liebkosungen und war so kühn, ihre Hand aus Neugierde unten auf mein Zeugungsorgan zu legen.

Diese Berührung rief bei mir einen schwachen Schauer hervor, den ich aber noch deutlich wahrnahm. Sie sagte kein Wort. Was mir sehr töricht und unvernünftig erschien, beruhte darauf, dass zwischen uns beiden nur Wortfetzen und unverständliche Worte gewechselt wurden. Schließlich wollten wir beide den letzten Schritt tun.

„Was muss ich machen?", murmelte sie ängstlich. „Komm her! Liebling!", erwiderte ich.

Für einen Moment wollte sie noch einmal Widerstand leisten, aber durch besänftigende Worte und wohltuende Liebkosungen und Küsse überredete ich sie, dass ich alles mit ihr machen durfte, was ich wollte. Sie gab sich mir völlig hin.

Völlig erschöpft und beinahe ohnmächtig pflückte ich ihre Jungfräulichkeit und überschwemmte ihre vor Lust bebende Liebesgrotte. Sie erlitt einen leichten Anfall von Hysterie. Aber bald hatte sie ihre Sinne wieder unter Kontrolle und begann bitterlich zu weinen. Ich versuchte, sie zu beruhigen und zu trösten. Bald lachte sie trotz ihrer Tränen.

Als wir die Liebesschlacht von neuem begannen, gab sie sich freiwillig mit großer Freude hin, ohne dass sie meinen Begierden den geringsten Widerstand entgegensetzte. Denn sie spürte das Bedürfnis, ihre erregten Nerven durch völlige Hingabe zu beruhigen und ihren Körper mit Hilfe des Liebesbalsams zu entspannen.

Kapitel 12

Die Herren vergnügen sich

Als ich meine hübsche Renée zu ihrer Kabine geführt und verlassen hatte, befand ich mich in einer schlimmen Verfassung, sodass ich Ruhe und Erholung nötig hatte. Übrigens hatte ich auch nicht den Mut, zu Giovanina zu gehen, die, wie ich wusste, auf mich wartete.

Ich ging zu meiner Kabine zurück und wollte die verdiente Ruhe genießen, als ich ein Klopfen an meiner Tür hörte. Unvermutet und in einer ziemlich schlechten Stimmung wegen dieser Störung wurde ich von meiner hübschen Italienerin in ein Gespräch verwickelt, die vor mir wie eine Rachegöttin erschienen war. Da dieses schelmische, junge Mädchen merkte, dass ich nicht wie gewöhnlich zu ihr kam und sie vergeblich auf mich gewartet hatte, machte sie mir eine schreckliche Eifersuchtsszene, zu der ich sie überhaupt nicht für fähig gehalten hätte. Sie hatte an der Tür gelauscht!

Ich versuchte, sie zu beruhigen, aber ich hatte erst Erfolg, als ich ihr all das gab, nach was sie sich sehnte. Sie wollte mit mir schlafen und mich allein besitzen. Da sie fürchtete, mich zu verlieren und mich zurückgewinnen wollte, zeigte diese listige Kleine soviel Geschick, dass ich - ich muss es leider eingestehen - Renée vergaß.

Sie wand sich lustvoll in meinen Armen hin und her und erschöpfte mein schlaffes Glied. Die lüsterne Giovanina nahm mir die Kraft, es ihr noch einmal zu machen.

Ich musste mich aus den Armen meiner liebeshungrigen Partnerin befreien, weil der Comte meine Dienste beanspruchte. Es war nämlich der Tag festgesetzt worden, an dem die große Abendgesellschaft stattfinden sollte. Ich war nun völlig mit den Vorbereitungen dieses Ereignisses beschäftigt, denn ich musste mich auch um das kleinste Detail kümmern. Es ist nun meine Aufgabe, das seltsamste und eindrucksvollste Abenteuer zu schildern, das ich jemals erlebte.

Am Abend, als der Ball stattfand, war der Salon hell erleuchtet und prächtig mit künstlichen Blumen geschmückt. Die ganze Reisegesellschaft hatte sich versammelt.

Die Herren trugen Abendgarderobe und die Damen Kleider, die dem letzten Schrei der Mode entsprachen. Ich will ihre Garderobe kurz beschreiben, um dem Leser einen kleinen Eindruck davon zu vermitteln.

Liane de Vibrecoeur trug ein prächtiges Abendkleid aus Moiré, das von oben bis zu ihren zierlichen Tanzschuhen und ihren seidenen Strümpfen mit weißen Borten verziert war.

Ihr majestätischer Kopf war mit einem prächtigen Federbusch aus Straußenfedern und Diamanten bedeckt. Ihr Mieder war nur bloße Zierde, denn es war sehr kurz geschneidert. Ihre enganliegenden Röcke brachten ihre verführerischen Oberschenkel und ihr Gesäß zur Geltung.

Stella Carina sah in ihrem gelblich-violetten Kleid elegant und verführerisch aus. Cléo Montauciel war bezaubernd hübsch und betörend. An ihren schönen, entblößten Armen trug sie dünne Goldreifen. Blanche de Neirmont und Esther Hazy trugen dieselben Kleider, nämlich prächtige Ballkleider aus schwarzem Samt mit einem langen Schweif. Ihr einziger Schmuck bestand aus einem cremefarbenen Samtband, das mit einer Diamantbrosche am weißen, fleischigen Hals befestigt war. Ihre Füße steckten in Schuhen aus schwarzem Atlas und waren mit schwarzen Seidenstrümpfen verhüllt.

Renée Douglars und Micheline Darcourt hatten sich, die erste ein hellblaues und die letztere ein rotes, Abendkleid anfertigen lassen. Ihre sehr gewagten Dekolletés und Abendkleider aus sehr dünnem Musselin waren mit Borten und Spitzen verziert. Die beiden jungen Schönheiten sahen sehr verführerisch aus.

Die bezaubernde Odette fiel zum zweiten Mal besonders auf. Im Vertrauen auf ihre Schönheit zeigte sie bei ihrer Toilette eine bewundernswerte Geschicklichkeit, sodass auch das kleinste Detail ihrer Reize noch gewürdigt werden konnte. Alle Männer hätten sich nach ihr umgedreht, selbst wenn sie weniger hübsch gewesen wäre. Sie war von Kopf bis Fuß unwiderstehlich. Sobald sie den Saal betreten hatte, wurde sie von einem Schwarm von Lüstlingen umringt.

Es wurde viel getanzt und es schien so, als ob eine Party der besseren Gesellschaft stattfinden würde.

Plötzlich gab Lord Reginald ein Zeichen. Die Musik hörte auf und die Tanzpaare blieben stehen. Man versammelte sich um den Gastgeber, der folgende Rede hielt: „Meine Damen und Herren", begann seine Lordschaft, „ich bin leider verpflichtet, Ihnen von einer schwerwiegenden Beschwerde Kenntnis zu geben, die gegen eine Person erhoben wurde, deren Namen ich im Augenblick nicht nennen will. Es handelt sich um eine Angelegenheit, die uns alle angeht und die Harmonie unter uns zerstören kann. Ich schlage deshalb vor, dass der Kläger und der Angeklagte gehört werden, damit wir in voller Kenntnis des Falles entscheiden, welche Strafe über den Missetäter verhängt werden soll. Wir werden deshalb ein Tribunal bilden, dessen Vorsitz ich für mich reserviert habe. Ich wähle den Comte Popolsky und drei andere Herren als Beisitzer für dieses Gericht aus."

Wie man annehmen kann, rief diese Rede bei uns großes Erstaunen hervor. Niemand wusste, worum es ging und die Gäste sahen sich stumm und mit fragenden Blicken an. Aber alle Zweifel waren beseitigt, als wir hörten, dass der Kapitän Bullock der Kläger und die kleine Renée Douglars die Angeklagte war.

Der Kapitän trug in plumper Weise seine Beschwerde vor, indem er sich bitterlich über das abweisende Verhalten des hübschen Mädchens beklagte, das wiederholt seine Anträge zurückgewiesen hatte. Dies würde er als eine Beleidigung auffassen. Eine solche Schmähung verlange geradezu nach einer Sühne. Seine Gefühle seien zutiefst beleidigt und seine Männlichkeit lächerlich gemacht worden.

Renée, auf die sich alle Blicke richteten, saß aufrecht in der Ecke des Salons. Sie wusste nicht, ob sie dies als Spaß oder Ernst auffassen sollte. Sollte sie lachen oder weinen? Als man sie fragte, was sie zu ihrer Verteidigung zu sagen habe, ging sie lächelnd in die Mitte des Raumes und beantwortete alle Fragen, die Lord Seacombe ihr stellte. Mit großer Gelassenheit spielte er die Rolle des Gerichtsvorsitzenden. Sein Verhör dauerte nicht sehr lange.

„Mademoiselle!", begann Richter Seacombe, „Sie haben die Vorwürfe von Kapitän Bullock gehört. Sind sie berechtigt? Haben Sie wirklich seine galanten Anträge zurückgewiesen? Falls dies stimmt, aus welchem Grund?"

„Meine Antwort ist ganz einfach!“, sagte Renée, die immer noch lächelte. „Ja, es stimmt, dass ich die Liebesanträge des Kapitäns zurückgewiesen habe. Das gebe ich ohne Einschränkung zu. Was meine Motive anbelangt, meine Herren, so verraten Ihre Augen sie Ihnen. Sehen Sie sich nur diesen alten Trottel an!

Haben Ihre Augen jemals ein hässlicheres Gesicht gesehen? Nein, wenn Sie ehrlich sind! Glauben Sie im Ernst, dass ich jemals mit einer solchen Missgeburt schlafen würde? Denken Sie einmal nach, ob ein Beischlaf dieser Art mir auch nur eine Sekunde lang wirkliches Vergnügen bereiten kann!“

„Ob Vergnügen oder nicht, Mademoiselle, darum geht es nicht. Es ist nicht die Aufgabe dieses Gerichtes, sich mit Ihren Wünschen und Abneigungen zu beschäftigen. Sie können doch nicht erwarten, dass der Kapitän als Einziger an Bord im Regen stehen soll, während sich die übrigen Herren - ich will es einmal so ausdrücken - reichlich der Venus ein Opfer bringen. Als Sie damit einverstanden waren, uns zu begleiten, wussten Sie, dass wir nicht die Sterne anstarren, sondern uns ordentlich vergnügen wollten, übrigens glaube ich, dass Sie auf dem Maskenball nicht so spröde waren.

Deshalb kann ich es nicht zulassen, dass Sie bei unserem guten Kapitän Bullock die Jungfrau spielen wollen. Wir leben, um uns zu amüsieren und in einem Meer von Wollust zu schwimmen. Die Frauen sind nur für die Liebe da! Sie sind sehr intelligent, meine Liebe, und nutzen all die Vorzüge ihrer jetzigen Lage aus.

Sie sind bereit, alle Annehmlichkeiten dieser Lustreise zu genießen. Sie lachen, singen, ziehen hübsche Kleider an und tragen Juwelen, die wir Ihnen in großzügiger Weise schenken. Aber wenn man Sie bloß um eine kleine Gegenleistung bittet, nämlich sich für ein paar Minuten einem Mann hinzugeben, dann lehnen Sie dies ab.“

Ein gewisses Gefühl von Unbehagen begann sich bei Renée bemerkbar zu machen, die jetzt sah, dass die gegen sie erhobenen Vorwürfe ernst gemeint waren. Deshalb wollte sie ihr Verhalten näher begründen: „Ich will mich nicht verweigern! Ich habe nur gesagt, dass ich mit Kapitän Bullock nichts zu tun haben will. Mit jedem Anderen, nur nicht mit ihm möchte ich schlafen. Wenn Sie wollen, mit Ihnen!“

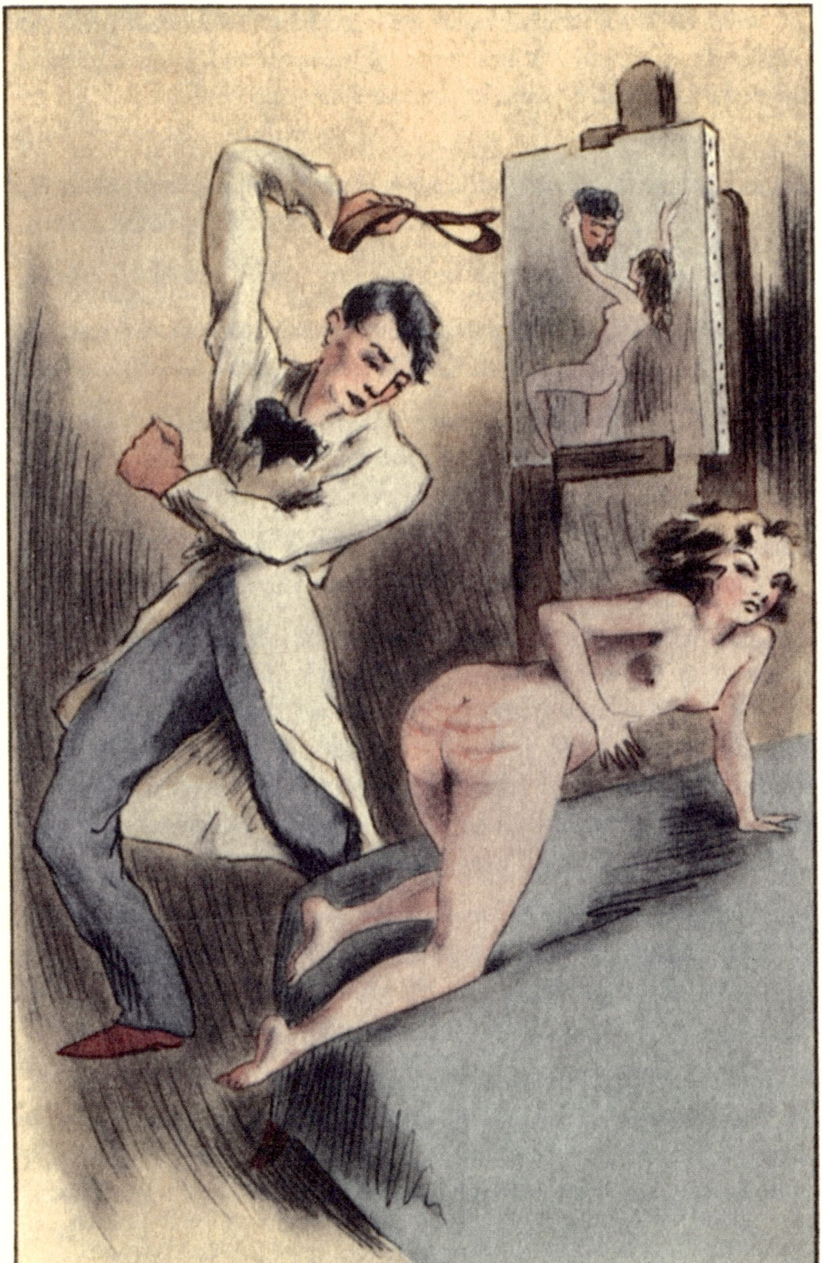

„Das hätten Sie sich vorher überlegen sollen! Durch Los waren Sie dem Kapitän Bullock zugesprochen worden. Seine Klage ist berechtigt. Sie müssen sich ihm hingeben. Das Gericht beschließt, dass Sie Kapitän Bullock um Verzeihung bitten und all seine Wünsche erfüllen - ja, ich wiederhole es noch einmal, all seine Wünsche! Haben Sie mich verstanden, Mademoiselle?“

„Niemals!“, schrie Renée, indem sie kühn vor ihn hintrat „Niemals werde ich ihm gehören!“

„Ist das Ihr letztes Wort?“, fragte Lord Reginald.

„Ja, Lord Seacombe, das ist mein letztes Wort!“, antwortete Renée ärgerlich und setzte sich neben Micheline.

„Na schön, Mademoiselle!“, fuhr seine Lordschaft fort. „Der Fall ist erörtert worden. Die Richter werden sich nun zurückziehen, um über das Urteil zu beraten.“

Das Gericht zog sich für 20 Minuten in den Rauchsalon zurück. Während dieser Zeit plauderten und scherzten die Anwesenden.

Odette sagte zu Renée, die von Micheline gebeten worden war, sich nicht zu unterwerfen: „Du Närrin, weshalb gibst Du nicht nach? Geh doch mit Bullock ins Bett! Mach ihm doch den Spaß! Das ist doch keine Schande! Glaubst Du etwa, sein Werkzeug ist nicht so gut wie das von einem Anderen? Mit einem Querkopf wie Dir habe ich keine Nachsicht! Wenn Du nur wüsstest! Es ist immer dasselbe, wenn Du es zum ersten Mal gemacht hast!“

„Dummes Zeug!“, sagte Renée, indem sie mir einen verstohlenen Blick zuwarf. „Das ist Deine Meinung! Aber ich glaube, dass es nicht dasselbe bei jedem Mann ist! Du kennst ja meine Meinung! Ich ekele mich vor dem alten Kerl!“

„Na schön!“, antwortete Odette, „ich wünsche Dir kein Unglück! Aber Du wirst sehen, was passiert! Du gefällst Kapitän Bullock! Er will Dich um jeden Preis haben! Ich fürchte, dass er Deine Jungfräulichkeit mit Gewalt pflücken wird. Das wird ein schöner Spaß werden!“

„Das werden wir ja sehen!“, rief Renée mit wütenden Blicken aus, indem sie die Faust ballte.

In diesem Augenblick kam das Gericht von der Beratung zurück, nachdem es diesen gravierenden Vorfall in allen Einzelheiten erörtert hatte. Ich muss eingestehen, dass niemand die leiseste Ahnung hatte, was passieren würde.

Laut und deutlich begann Lord Reginald, die Entscheidung des Tribunals zu verkünden: „Wir haben einstimmig beschlossen, dass das Verhalten von Mademoiselle Renée exemplarisch bestraft werden muss. Die Bestrafung wird auch dann vollzogen, wenn sie im letzten Augenblick sich noch bereit erklären sollte, dies zu machen, was man von ihr verlangte. Wir haben einstimmig folgendes beschlossen: Da sich Mademoiselle Renée wie ein ungezogenes und launisches Mädchen benommen hat, soll sie auch wie ein Mädchen bestraft werden, das ungehorsam gegenüber seinen Eltern war. Sie soll eine Tracht Prügel bekommen und jeder Gast soll ihr drei Schläge auf ihr Gesäß geben. Sie soll lernen, was es heißt, launisch zu sein!"

Renée traute ihren Ohren nicht. Wie versteinert stand sie sprachlos da. Kapitän Bullock nutzte diese Gelegenheit aus, ging zu ihr hin, ergriff sie und verhinderte, dass sie sich mit ihren Armen verteidigen konnte.

Lord Seacombe hatte inzwischen den Salon verlassen. Kurze Zeit später kehrte er zurück mit seinem Kammerdiener Tom, einem großen und starken Neger.

Offenbar verstand er etwas von seinem Handwerk, denn er wusste sofort, was er zu machen hatte. Als er sah, dass sich Renée wie ein Teufel in den Armen von Kapitän Bullock hin und her warf, um zu entfliehen, sagte er nur: „Ist sie das?"

Lord Reginald nickte. Sogleich ging Tom zu Renée hin, packte sie an ihren schmalen Handgelenken und sagte zu dem Kapitän: „In Ordnung, Herr!"

Kapitän Bullock ließ ihre Hände los und Tom warf sie mit einer plötzlichen Bewegung auf seine Schulter. Vergeblich wehrte sie sich.

Der Neger hielt sie fest. Einer der Herren ergriff ihr linkes Handgelenk, sodass sie sich auf dem Rücken des Negers nicht mehr bewegen konnte. Lord Reginald zog Renées Röcke bis über ihren Kopf hoch. Ihre hübsche und elegante Unterwäsche gab einen Blick auf ihre geheimen Reize frei, die entzückend waren. Sie verwirrten die Sinne und weckten bei den Beschauern unzüchtige Gedanken. Es kam aber noch viel schlimmer für sie, als Lord Seacombe zu Kapitän Bullock sagte: „Sie sind nun an der Reihe! Sie wurden beleidigt, deshalb dürfen Sie den Missetäter entkleiden!"

Der Kapitän ließ sich das nicht zweimal sagen. Er ging zu Renée hin, berührte mit der rechten Hand ihre Unterhose und schlug ihr sanft auf die Pobacken. Dann verschwanden für einen Augenblick seine rohen Finger zwischen ihren Oberschenkeln. Renée tobte vor Wut, aber ihr Widerstand war erfolglos. Da sie wie in einen Schraubstock eingespannt war, hätte sie sich ihre Anstrengungen schenken können, die bei den Herren nur Lachen hervorriefen.

Mit einer Geschicklichkeit und Fertigkeit, die ich niemals bei Kapitän Bullock erwartet hätte, zog er dem jungen Mädchen die Unterhose bis zu den Knien herunter. Zwei herrliche Pobacken kamen zum Vorschein. Selbst der gleichgültigste Mann wäre in Erregung geraten!

Renée erhielt nun die ihr zudiktierte Bestrafung. Kapitän Bullock, der wie ein feuriger Hengst fast wahnsinnig vor Lust Renée angestarrt hatte, zog seine Hosen herunter und stürzte sich auf sein Opfer. Sie hatte keine Kraft mehr und leistete nicht den geringsten Widerstand. Das arme Mädchen hätte beinahe die Besinnung verloren, während er wie ein Wahnsinniger seine Gelüste befriedigte.

Dieses ganze Schauspiel wurde von den gierigen Blicken der Zuschauer verfolgt, die beinahe atemlos und in einem Zustand, den man nicht beschreiben kann, jede Einzelheit dieses dramatischen Vorgangs verfolgten.

Schließlich wurde Renée halb bewusstlos von einer Kammerzofe in ihre Kabine gebracht.

Kapitel 13

Der Appetit kommt beim Essen

Aber dies war nicht die letzte Überraschung, die wir an diesem Abend erleben sollten. Die Wollust war durch diese Szene geweckt worden. Lord Seacombe und seine Freunde wollten es hierbei nicht bewenden lassen, obwohl durch diese Szene bestimmt viele Gelüste befriedigt worden waren.

Unser Gastgeber sagte im Scherz, dass die Hintern so schön geformt seien, dass man mit diesem Spiel fortfahren und den anderen Damen der Reihe nach einen Eindruck von den Freuden der Züchtigung vermitteln sollte.

„Sie sollen für ihre Sünden in der Vergangenheit und Zukunft bestraft werden!“, schloss der vergnügte Adlige seine Rede.

Die Herren nahmen diesen Vorschlag mit Begeisterung auf, während die Damen laut protestierten. Mehrere von ihnen versuchten eiligst davonzulaufen. Doch man hatte schon Vorsorge getroffen, denn die Türen waren von außen verschlossen worden. Diese hübschen Damen, die mit einer gewissen Freude die Züchtigung Renées verfolgt hatten, hätten so etwas bestimmt nicht erwartet. Sie schimpften, beschwerten sich und erklärten, dass sie sich widersetzen würden.

Doch Lord Seacombe blieb unbeugsam und klopfte zweimal an die Tür. Sie wurde geöffnet und es traten sechs stämmige Matrosen mit entschlossenen Gesichtern und rohen Händen ein.

„Meine Damen“, sagte Lord Reginald, „wir wollen vernünftig miteinander reden. Sie wissen, dass jeder Widerstand nutzlos ist, wie Sie bei Renée gesehen haben. Sie müssen einräumen, dass Sie für Ihre Ausschweifungen eine milde Bestrafung verdient haben! Seien Sie dankbar dafür! Wir werden Sie danach umso mehr lieben! Ich verspreche Ihnen in meinem und im Namen meiner Freunde, dass wir uns mit Freuden auch von Ihnen, meine Damen, züchtigen lassen. Ich werde Ihnen Genugtuung verschaffen!“

Comte Popolsky und mein Chef verzogen ihr Gesicht, als sie diesen Vorschlag hörten. Aber alle Engländer nickten beifällig.

„Bitte, meine Damen!“, fuhr Lord Seacombe fort, „entkleiden Sie sich! Meine Männer werden Ihnen gerne wie Kammerzofen zur Verfügung stehen!“

Zuerst war Liane de Vibrecoeur an der Reihe. Sie legte sich auf einen Diwan und zwei Matrosen versuchten mit ihren ungeschickten Händen, sie auszuziehen, indem sie mit ihren Schuhen und Strümpfen anfingen. Ihre Schultern kamen zum Vorschein. Dann ihre Arme und ihre vor Erregung bebenden Brüste. Die zarte, weiße Haut der bildhübschen, jungen Frau verfärbte sich rot, als sie von den kräftigen und ungeschickten Händen der Matrosen berührt wurde.

Sie war bis aufs Hemd ausgezogen, das als letztes Kleidungsstück die Reize ihrer Schönheit bedeckte, mit denen sie die Natur ausgestattet hatte. Unter dem dünnen Batisthemd konnte man die prallen Umrisse ihrer prächtigen und lusterregenden Figur erkennen. Als ihre majestätischen Beine, die aus Marmor zu sein schienen, ihre feinen Knöchel und einen Teil der Oberschenkel sichtbar wurden, hörten die Matrosen auf und zögerten einen Augenblick.

„Das Hemd auch! Weg damit!“, rief Lord Reginald.

Liane de Vibrecoeur lag nun mit geschlossenen Augen in ihrer ganzen Schönheit da und verbarg vor den Zuschauern nichts mehr. Nun musste die Königin der Pariser Schönen eine Züchtigung erdulden.

Als Nächste kam die kleine Micheline dran. Odette, die hübsche und göttliche Geliebte von Comte Popolsky fasste sich ein Herz und trat kühn in die Mitte des Salons. Sie sagte nur: „Wenn es eben sein muss! Aber ich möchte mich gern selbst ausziehen! Da Sie, mein Lord, und Ihre Freunde einer so seltsamen Leidenschaft frönen, habe ich einen Wunsch. Bitte lassen Sie uns nicht auf die Revanche warten!“

Dieser Einfall von Odette wurde mit einem Lachen quittiert. Doch Lord Reginald konnte leicht seine Freunde überzeugen, den Vorschlag des hübschen Mädchens anzunehmen. Sie stimmten einstimmig zu. Nur Comte Popolsky, mein Chef und ich hielten nichts von den Freuden der Züchtigung. In weniger als einer Viertelstunde stand die ganze Gesellschaft im Adamskostüm da. Auf Befehl des Lord Reginald setzte ich das Orchestrion in Gang. Nun konnte die-

ses seltsame Fest beginnen. Unter den Klängen eines Marsches begann der Tanz der Ruten. Es ist unmöglich, dies alles zu beschreiben. Nachdem die Sinne maßlos erregt waren, wälzten sich die völlig erschöpften Paare in den Ecken, auf den Diwanen und Kissen, denn ein wahnsinniges und unersättliches Liebesverlangen hatte sie nach der Züchtigung gepackt.

Als ich sah, wie sich die Männer mit Lustschreien auf ihre Partnerinnen stürzten, konnte ich mich nicht länger zurückhalten und rannte zu meiner Giovanina. Sie hatte keinen Grund, sich zu beklagen.

Kapitel 14
Der Untergang

Die kleine Giovanina war an diesem Abend entzückend. Sie entschädigte mich reichlich für das lange Warten, das mein Blut so sehr ins Wallen gebracht hatte. Obgleich ich bei den Züchtigungen keine aktive Rolle gespielt hatte, war ich genauso erregt wie die Herren, die jede Hemmung hatten fallen lassen.

Unser Glück wurde - oh weh! - bald durch ein ebenso unangenehmes wie plötzliches Ereignis gestört. Während unserer Liebesschlacht hörten wir ein schreckliches Krachen.

Laut schreiend vor Angst und Verzweiflung gaben wir unsere angenehme Tätigkeit auf. Gefolgt von Giovanina verließ ich unser Liebeslager und eilte an Deck. Mein Liebling stand zitternd neben mir und schmiegte sich an mich. Ihre Haare hingen herab und ihre Augen waren weit geöffnet. Giovanina, die ganz nackt war, war noch von der Liebesschlacht erhitzt und fror jämmerlich.

In wenigen Sekunden war ich im Salon, wo kein Licht mehr brannte und eine schreckliche Unordnung herrschte. Es war stockdunkel. Ich stolperte und riss mit mir einige Frauen zu Boden, deren Körper noch von den Ausschweifungen und Liebesspielen, denen sie sich hingegeben hatten, mit Schweiß bedeckt waren. Jäh waren sie aus ihrem Wollustrausch gerissen worden. Da sie Panik noch nicht erlebt hatten, litten sie schrecklich unter deren Folgen.

Plötzlich gab es wieder Strom und der Raum war erhellt. Um mich herum sah ich das Bild einer maßlosen Orgie. In der Mitte des Raumes lag völlig nackt, betrunken und keuchend wie ein Tier, Kapitän Bullock, der sich auf dem nackten und bewegungslosen Körper der bildhübschen Renée herumwälzte. Der Kapitän stillte wie ein Tier in der Brunst bei der jungen Frau seine Begierden, während sich Lord Reginald und Comte Popolsky bemühten, diesen Lüstling von seiner Partnerin wegzuziehen.

Die Frauen im Evakostüm wussten nicht, wohin sie sich wenden sollten. Sie schrien und stießen gegeneinander, ohne dass sie die Geistesgegenwart besaßen, an Deck zu eilen. Die Herren, die von der halbbefriedigten Lust betäubt und vom vielen Champagner betrunken waren, schauten sich benommen an und fragten: „Was ist los? Was zum Teufel geht hier vor?"

In diesem Augenblick stürzte der Neger Tom in den Salon und sagte in seinem Dialekt: „Schnell, meine Herren! Beeilen Sie sich! Das Schiff wird sinken! Wir sind mit einem großen Dampfer zusammengestoßen! Retten Sie sich! Gott sei Ihnen gnädig!"

Ohne zu warten, eilte er an Deck. Wie ein Blitz ging ein Gedanke durch meinen Kopf. Der Kapitän der Nénuphar war unten. Der Chefmaat hatte keinen Dienst und schlief in seiner Kabine.

Der zweite Offizier, der die Wache hatte, war, wie ich wusste, vom Champagner betrunken. Es gab deshalb niemanden, der fähig war, das Kommando über das Schiff zu übernehmen. In diesem Augenblick war ein Dampfer mit der Jacht zusammengestoßen. Ich dachte nur an meine Rettung und an die der armen, kleinen Giovanina. Es gibt Augenblicke im Leben eines Mannes, wo seine Kräfte verzehnfacht werden.

Ich nahm den Körper meines Lieblings in meine Arme und trug ihn die Treppe hinauf, gleichsam wie wenn sie ein Kind von zwei Jahren wäre. Ich fühlte, wie ihr ganzer Körper ähnlich einem dünnen Pappelzweig zitterte, der vom Wind hin und her bewegt wurde. Ihre großen, verstörten Augen waren mit einem flehentlichen Blick auf mich gerichtet. Ich las von ihren Augen ab, dass sie zu mir Vertrauen hatte und glaubte, von mir gerettet zu werden.

Nach einigen Schritten hatte ich das Deck erreicht. Mir folgte ein Haufen Männer und Frauen, die vor Wut und Schrecken brüllten und sich gegenseitig auf der engen Treppe behinderten.

Berauschende Düfte, die nach Moschus rochen, entströmten diesem gedrängten Menschenhaufen. Man roch das aufdringliche Parfüm der Lebedamen, das noch durch die warmen Gerüche verstärkt wurde, die diesen nackten Körpern entströmten. Bei ihren Ausschweifungen war ihr ganzer Körper mit zügellosen Liebkosungen und leidenschaftlichen Küssen bedeckt worden, die nach allen Arten von Honig aus dem Laden der Venus schmeckten.

Diese Menschen, die sich noch einige Minuten vorher den größten Ausschweifungen hingegeben hatten, kämpften nun mit der Wut der Verzweifelten darum, dem drohenden Tod zu entrinnen. Dies dauerte nur Sekunden, aber in solchen Augenblicken sind Sekunden so lang wie Jahre.

Auf dem Deck rannte die Besatzung kopflos hin und her. Der Selbsterhaltungstrieb war in diesen Männern erwacht, die von Natur aus brutal waren, sodass kein Funken von Großzügigkeit oder edlen Gefühlen bei ihnen zu spüren war. Sie dachten nur an ihre eigene Rettung. Zu allem Unglück waren die Rettungsboote kaum benutzt worden und an Kränen befestigt, deren rostige Ketten sich nicht bewegen ließen.

Wie Wahnsinnige schlugen die Matrosen mit Äxten auf die festgerosteten Ketten. Es war schon zuviel Zeit verloren. Ich habe gesagt, weshalb der Kapitän sich nicht auf seinem Posten befand. Lord Seacombe, der nur das Allernötigste am Leib hatte, versuchte in seiner Aufregung die Befehle zu geben, die ohne Aufschub ausgeführt werden mussten.

In der Ferne am Horizont war schwarzer Dampf zu sehen, der von dem Schiff stammte, das die Jacht gerammt hatte. Dieser Dampfer hatte unser Schiff am Bug beschädigt und ein großes Loch in den Schiffsrumpf gerissen. Wir mussten zusehen, wie er aus unseren Blicken entschwand, sich seiner Verantwortung entzog und uns dem unvermeidlichen Untergang und Tod überließ. Die stolze Nénuphar verschwand allmählich in den Wellen.

Eine schreckliche Angst drohte mich zu überwältigen. Ich sah keine Rettung in diesem Haufen von verzweifelten Männern und Frauen, die fast wahnsinnig vor Furcht waren. Trotzdem schleppte ich meine mehr tote als lebendige Giovanina zum Achterdeck. Mit großen Schwierigkeiten erreichte ich es. Doch plötzlich stieß ich aus Freude und Erleichterung einen Schrei aus. Ich sah, wie der schwarze Kammerdiener Tom, der die allgemeine Panik ausgenutzt hatte, auf seinen starken Schultern ein kleines Boot trug, das Lord Seacombe gehörte. Sogleich ergriff ich ein Beil, das neben einer Kajütentür befestigt war und eilte auf den Neger zu.

„Tom!“, schrie ich, „Du musst uns mitnehmen!“

Er sah mich lächelnd an und sagte in seinem Dialekt: „Fahr zur Hölle wie die anderen Narren! Das Boot ist zu klein für drei Personen! Tom ist kräftig und tapfer! Er wird sich nur allein retten!"

„Du Schurke!", schrie ich, „lass das Boot ins Wasser und wir steigen mit ein. Du kannst mit uns kommen! Aber wenn Du auch nur einen Augenblick noch zögerst, dann bist Du ein toter Mann!" Sogleich hob ich meine Axt und war entschlossen, meine Drohung auszuführen. Als der Neger die Axt sah, deren heller Stahl unheimlich in der Dunkelheit schimmerte, ging er einen Schritt zurück. So schnell ich nur konnte, packte ich ihn.

„Einen Schritt noch und Du bist tot!"

Tom gab mir keine Antwort, sondern starrte mich nur in einer Art und Weise an, die unter diesen Umständen mein Blut in den Adern gefrieren ließ. „Na gut! Komm!", brummte er. „Hilf mir!"

Ich half ihm, das Boot ins Wasser zu lassen und stieg als Erster ein. Der Neger folgte mir. Durch die Erschütterung, die er durch den Sprung in das kleine Boot hervorrief, schwamm es einige Meter von der Jacht weg, die nun rasch sank.

„Spring! Spring schnell ins Meer!", rief ich Giovanina zu, die noch auf dem Deck des Schiffes stand. Ich hätte niemals gedacht, dass dieses schöne Mädchen soviel Mut besaß. Denn sie sprang ohne zu zögern über Bord, obgleich sie nicht schwimmen konnte. Tom, der die Ruder ergriffen hatte, brachte mit einigen Schlägen das schaukelnde Boot zu ihr hin. Das junge Mädchen versuchte zu schwimmen. Unter großen Schwierigkeiten zogen wir sie in das Boot, denn durch die kleinste Bewegung drohte es umzukippen. Kaum war sie in Sicherheit, als Tom rief: „Schnell, Herr - schnell! Setzen Sie sich hin und rudern Sie wie ein Teufel! Wir verschwinden sonst für immer in der Tiefe!"

Ohne zu zögern, ergriff ich ein Paar Ruder und unterstützte den Neger, durch dessen Anstrengungen das kleine Boot sicher durch die schwere See fuhr.

Ich blickte zurück. Wir waren in der letzten Minute davongekommen. Als eines der Rettungsboote, das mit Menschen voll besetzt war, ins Wasser gelassen wurde, hob sich der Bugspriet in die Luft.

Das Wasser überflutete die Kabinen. Das Bug bewegte sich noch einige Sekunden hin und her. Dann verschwand das prächtige Schiff von Lord Reginald Seacombe in den Wellen.

Schreckliche Schreie waren in der Nacht zu hören. Die Stimmen waren gleichsam durch einen übermenschlichen Ton zu einem allerletzten Bittgebet vereint. Die Todesschreie, die uns in den Ohren dröhnten, riefen bei uns eine unbeschreibliche Furcht und Schrecken hervor.

Dann war Stille.

Auf der unendlich weiten Meeresoberfläche sah man nichts als weiße, schäumende Wellen. Die Rettungsboote, die in den Strudel der sinkenden Nénuphar gerieten, verschwanden mit all ihren Insassen im Meer.

Nicht eine Spur blieb von der fröhlichen, ausgelassenen Gesellschaft zurück, wenn nicht vielleicht ihre Seelen über dem Abgrund schwebten, wo ihre sterblichen Überreste nun für immer ruhten.

So hart kann das Schicksal sein!

Von all der überschäumenden Jugend, weiblichen Schönheit und Sinneslust blieb nichts - aber auch nichts übrig!

Am nächsten Morgen las uns ein italienisches Fischerboot auf und zwei Tage später waren wir in Tarent. Nach einigen Tagen trennten wir beide uns - Giovanina und ich - von dem Neger und kehrten nach Frankreich zurück.

ENDE